AF306304

JOSEPH FABRE

JÉSUS

MYSTÈRE

EN CINQ ACTES AVEC PROLOGUE ET ÉPILOGUE

Prix : UN franc

DEUXIÈME ÉDITION

PARIS

PAUL OLLENDORFF, ÉDITEUR

28 *bis*, RUE DE RICHELIEU, 28 *bis*

Librairie PAUL OLLENDORFF, 28 bis, rue de Richelieu.
PARIS

IMP. NOIZETTE, 8, RUE CAMPAGNE-PREMIÈRE, PARIS

JÉSUS

JÉSUS

MYSTÈRE

EN CINQ ACTES AVEC PROLOGUE ET ÉPILOGUE

PAR

JOSEPH FABRE

« On ne vit pas seulement de pain. »

PARIS

PAUL OLLENDORFF, ÉDITEUR

28 *bis*, RUE DE RICHELIEU, 28 *bis*

—

A LA MÉMOIRE DE MA MÈRE

Chrétienne admirable
qui a inspiré ce livre.

—

L'homme s'est fait enfant pour écrire ce livre
Et de ses doutes s'y délivre
Dans les visions du berceau,
Va, fleur d'amour éclose au sillon des souffrances,
Embaume du parfum des saintes espérances
Ma sainte mère en son tombeau.

PERSONNAGES :

JÉSUS.
MARIE, mère de Jésus.
MARIE-MAGDELAINE, pécheresse.
LAZARE, frère de Magdelaine.
JEAN-BAPTISTE, précurseur de Jésus-Christ.
PIERRE,
JEAN,
JACQUES,
THOMAS,   disciples de Jésus.
PHILIPPE,
JUDAS,
HELKIAS, riche pharisien, trésorier du Temple.
RABBI-ZADOK, scribe du Temple.
NICODÈME, homme riche et docte, un des anciens d'Israël.
SIMON, dit le Lépreux.
SIMON, homme du peuple, dit Simon de Cyrène.
CAIPHE, grand-prêtre,
ANNE, beau-père de Caïphe, vice-président du Sanhédrin, chef du parti
   sacerdotal.
HÉRODE, gouverneur de Galilée.
PONCE-PILATE, tétrarque de Judée.
MALCHUS, officier du temple.
LE BON LARRON.
LE MAUVAIS LARRON.
LE CENTURION.
LA SAMARITAINE.
VÉRONIQUE.
DEUX TÉMOINS.
LES TROIS ROIS MAGES.
L'ANGE GABRIEL.
CHŒUR DES ANGES. — CHŒUR DES BERGERS.
JOSEPH, ELIE, MOISE, LA FEMME ADULTÈRE, personnages muets
DISCIPLES DE JÉSUS. — PRÊTRES, SCRIBES, PHARISIENS. —
   OFFICIERS et SERVANTS DU TEMPLE. — MARCHANDS DU
   TEMPLE. — FEMMES DE JÉRUSALEM. — ENFANTS. — PEU-
   PLE. — SOLDATS.

Les décors peuvent être tout à fait primitifs, et les changements s'o-
pérer instantanément au moyen d'un grand rouleau de toile peinte, où
sont figurés par ordre les divers tableaux, (à l'instar des décors peints
de la *Marche au Graal*, à Bayreuth). On peut encore recourir, — comme
au Moyen Age et de nos jours, à Oberammergau, — au système des tableaux juxtaposés et des deux scènes, scène antérieure et scène de fond.
— L'essentiel est qu'on évite la multiplicité des entr'actes, qui empê-
chent la continuité d'impression. Ce Mystère exige deux entr'actes,
le premier a la fin de l'acte II, le second à la fin de l'acte III. On peut
y en ajouter deux autres très courts, l'un à la fin de l'acte I, l'autre à
la fin de l'acte IV.

JÉSUS

PROLOGUE

LA NATIVITÉ

(Pendant le Prologue, un voile de gaze claire sépare les spectateurs de
la scène, dont l'aspect est éblouissant et féerique. — Tout le prologue,
sauf la scène des rois mages, est chanté sur de vieux airs.)

PREMIER TABLEAU

Au-dessous de Bethléem, une prairie tapissée de touffes d'asphodèle et
d'anémones. — Des bergers, vêtus de peaux de moutons, coiffés de gros-
sières capuces, portant de longs bâtons, gardent leurs troupeaux)

CHŒUR DES BERGERS

Vieil air patois: *Bien tou bonjoun postourélléto.*

Comme tout rit! comme tout chante!
Tendres fleurs qu'on voit s'entr'ouvrir,
Feuilles qu'un doux vent fait frémir,
Qu'avez-vous qui fait tressaillir?
La prairie est resplendissante;
Des voix d'en haut semblent venir.

CHŒUR INVISIBLE DES ANGES
(*Vieil air et vieilles paroles*)
Gloire, au plus haut des cieux,
Au Roi des bienheureux,
Et paix en ces bas lieux
A tout mortel pieux!

CHŒUR DES BERGERS

C'est la troupe des anges
Qui chantent dans les airs,
Donnant à Dieu louanges
Et paix à l'univers.

CHŒUR DES ANGES

Il est venu des cieux
Un frère aux malheureux;
L'étable est son séjour;
Bergers, soyez sa cour!

CHŒUR DES BERGERS

Conduisez-nous, beaux anges,
Vers cet enfant du ciel;
Nous baiserons ses langes
Et chanterons Noël.

CHŒUR DES ANGES

Allez; nos gais concerts
Vont, par les champs déserts,
Guider votre ferveur
Au berceau du Sauveur.

Ici est exécuté sur orgue, violon et hautbois, hors de la vue des spectateurs, un joyeux Noël qui ne s'achève qu'après l'entrée des bergers dans l'étable, au second tableau.)

SECOND TABLEAU

(La grotte servant d'étable publique, aux portes de Bethléem. — Jésus, tout inondé de lumière, est couché dans la crèche. A sa droite et à sa gauche, Marie et Joseph agenouillés veillent sur son sommeil et prient, les mains jointes.)

CHŒUR DE BERGERS

(Vieil air patois: *Obal dins un estople.*)

Bergers, tous à genoux!...
Mon Dieu, que voyons-nous?
Joseph avec Marie
Qui prie,
Et, ceint de rayons d'or,
Jésus qui dort.

CHŒUR DES ANGES

(Air du *Gloria* dans *J'entends là-bas dans la plaine.*)

Gloria in excelsis Deo!
Gloria in excelsis Deo!

CHŒUR DES BERGERS

L'enfantelet vermeil
Sort de son doux sommeil:
Meublons de paille fraîche
Sa crèche;
Puis offrons-lui ces fleurs
Avec nos cœurs.

CHŒUR DES ANGES

Gloria in excelsis Deo!
Gloria in excelsis Deo!

CHŒUR DES BERGERS

Qui ne l'aimerait pas?
Il tend ses petits bras;
L'amour dans son sourire
Respire,
Et son regard joli
Nous dit merci.

(Une étoile reflète sa lumière sur la crèche, et les rois
mages entrent avec leur suite.)

SCÈNE III

LES MÊMES. — LE ROI CUIVRÉ. — LE ROI NÈGRE. —
LE ROI JAUNE. — SUITE DES ROIS MAGES

LE ROI NÈGRE

Sur la foi d'une étoile errante
Dont la clarté resplendissante
A guidé nos pas incertains,
Nous venons de pays lointains
A la recherche du doux maître
Qui dans une étable doit naître.

UN BERGER

Il est ici, nobles seigneurs.

1.

LE ROI JAUNE

Nommez-nous frères, bons pasteurs...
O Jésus, reçois nos hommages:
Nous sommes rois, nous sommes mages;
Mais qu'est sagesse ou royauté
Devant ta sainte majesté?

LE ROI CUIVRÉ

Roi, salut!... Ouvre à tous le royaume des âmes!
La Mort brise son dard; l'Enfer éteint ses flammes.
Disparaissez, orgueil, haine, double levain
Mis au sang des mortels par Adam et Caïn;
Une aurore d'amour se lève, et l'espérance
Chante dans tous les cœurs l'hymne de délivrance.

LE ROI NÈGRE

Christ, salut!... Fils de Dieu, qui pour nous viens mourir,
Ta mort fera la vie; et tout va refleurir.
La vieille humanité, de ses fautes absoute,
Trouvant un père au ciel, renaît. Fais-lui sa route
Sur les traces du sang qui de ta croix dégoutte.

LE ROI JAUNE

Dieu, salut...! Le grand Être en toi veut s'agrandir:
Il était le Parfait; il sera le Martyr.
Que l'hymen de la terre et du ciel se consomme!
Que l'homme soit fait Dieu de par le Dieu fait homme!

LE ROI CUIVRÉ

Dieux de boue et d'orgueil, descendez au tombeau;
Place à celui qui veut la crèche pour berceau!

LE ROI NÈGRE

Respect à l'homme! Plus d'esclaves!
Brisez-vous, pesantes entraves
De l'antique Fatalité!
Prends ton vol, jeune Liberté,
Sur l'aile de la charité;
Grave au front des cieux ta devise,
Et mène à la terre promise
Des divines rédemptions
Les mondes et les nations!

LE ROI JAUNE, à Jésus
Toi que berger et prince admire,
Reçois l'or, l'encens et la myrrhe.

LE ROI CUIVRÉ
Cet or au roi qui triomphera!

LE ROI NÈGRE
La myrrhe au Christ qu'on embaumera!

LE ROI JAUNE
L'encens au Dieu qu'on adorera!
(Les rois et les bergers s'agenouillent.)

CHŒUR DES ANGES
Gloria in excelsis Deo!

ANGES, ROIS, BERGERS, (chantant ensemble.)
Gloria in excelsis Deo!

En ré mineur.
1. Comme tout rit! Com-me tout chan-te! Tendres fleurs
qu'on voit s'entrouvrir, Feuilles qu'un doux vent fait frémir, Qu'avez-vous
qui fait tres-sail-lir? La prairie est res-plen-dis-san - te, Des voix
d'en haut sem - blent ve - nir.
2. Gloire au plus haut des cieux, Au roi des bienheu - reux!
Et paix en ces bas lieux A tout mor-tel pi - eux.
Mi mineur.
C'est la trou-pe des an-ges   Qui chante dans les airs,
Donnant à Dieu lou-an-ges   Et paix à l'u-ni - vers.
3. Bergers, tous à ge - noux! Mon Dieu! que voyons nous?
Jo - seph a - vec Ma - ri - e Qui pri - e Et
ceint de ra - yons d'or Jé - sus qui dort.

ACTE PREMIER

LA MISSION DE JÉSUS

———

(Une vallée dénudée aux bords du Jourdain. Au second plan, une grotte et les montagnes du désert de Judée. Jean-Baptiste, vêtu d'une tunique de poils de chameau et portant une ceinture de cuir autour des reins, prêche la foule.)

SCÈNE PREMIÈRE

JEAN-BAPTISTE. — DISCIPLES. — PEUPLE. — HÉRODE,
mêlé à la foule.

JEAN-BAPTISTE

Ne me nommez pas le Messie.
Je ne suis que la voix qui crie :
« Que tout homme s'amende et prie!
« Monts, abaissez votre hauteur ;
« Frayez la route au Rédempteur!
« Au feu les ronces, les épines !
« Publicains, vivant de rapines,
« Prêtres qui trafiquez de Dieu,
« Faux docteurs, au feu, tous au feu !
« Que l'univers se renouvelle,
« Et vienne la bonne nouvelle ! »
Que vois-je ici ? Des curieux
Qui, sans aucun désir pieux,
Tiennent à voir ce Jean-Baptiste
Qu'on leur dépeint sauvage et triste,

Revêtu de poils de chameau,
Vivant d'herbes, de miel et d'eau...
Il en est un que je devine :
Déguisé d'habit et de mine,
Il croit qu'on ne le connaît pas.
C'est Hérode,

(Mouvement)

Hérode Antipas,
Tétrarque et roi de Galilée.

(Long murmure de la foule. Hérode, que tous se montrent, vient
se placer fièrement en face de Jean.)

Vérité, du trône exilée,
Somme Hérode à ton tribunal ;
Parle, et remontre-lui son mal !
Que le cri du peuple le touche
Et que Dieu qui m'ouvre la bouche
Le rende pur ! Voici le point :
Sire, il ne vous appartient point
D'être uni par chaîne adultère
A la femme de votre frère ;
Votre justice punirait
Qui de telle façon vivrait.
Sied-il que sur un peuple on règne
Si par l'exemple on ne l'enseigne ?
Le mal centuple son effet
Lorsque c'est un roi qui le fait ;
Et plus votre personne est haute,
Plus abominable est la faute

HÉRODE

Ah ! tu connaîtras mon pouvoir,
Insulteur !

JEAN-BAPTISTE

Que pensiez-vous voir
Au désert où j'ai fait mon gîte ?
Le roseau que tout souffle agite ?
L'homme de cour qui suit le vent
Et rit à tout soleil levant ?

L'adulateur qui n'est que feinte
Et dont le front porte l'empreinte
Du dernier pied qui l'a foulé?
La vérité vous a parlé:
Vivant, demandez-lui refuge,
Ou, mort, redoutez-la pour juge,
Seule reine, elle sauve ou perd.

HÉRODE

Va, fou. Prêche dans le désert;
Mais crains mes coups, langue insolente!

JEAN-BAPTISTE

Nul bien, hors le ciel, ne me tente.
Ne voulant rien, je ne crains rien
(Hérode part.)

SCÈNE II
LES MÊMES, moins HÉRODE

JEAN-BAPTISTE

Vous tous, du mal rompez le lien,
Faites des fruits de pénitence!
Qu'importe votre descendance,
Qui vous rend le front si hautain?
— « Nous avons Abraham pour père, »
Dites-vous. — Race de vipère!
De tels fils, Dieu pourrait en faire
Avec les pierres du chemin.
Craignez qu'il ne vous extermine!
La cognée est à la racine ;
L'arbre bientôt sera coupé
Et son tronc de terre extirpé.
Voici celui qui coupe et taille !
Le Messie, un van à la main,
D'ici, de là, prend le bon grain
Et dans le feu jette la paille.

(Jésus paraît. Il s'avance vers Jean, grave et doux, les mains croisées
sur la poitrine, le front auréolé de lumière. Tous lui ouvrent passage
et le regardent avec étonnement.)

SCÈNE III

LES MÊMES. — JÉSUS

JÉSUS

O Jean, la paix soit avec toi !
Je suis Jésus. Baptise-moi.

JEAN-BAPTISTE

Jésus !... A genoux ; qu'on l'adore !
Enfin le salut vient d'éclore...
En attendant la grande aurore
J'étais la lampe d'Israël...
Prends ton élan, ô fils du ciel ;
Vois des peuples la nuit profonde,
Et de tes feux remplis le monde !...
Hommes, voici plus grand que moi !
Il est la vie, et moi le rêve.
Jean, pars ; pâle lune, éteins-toi,
Le soleil radieux se lève.

JÉSUS

Baptise-moi

JEAN-BAPTISTE, s'en défendant.

Vous baptiser !

JÉSUS

Je ne dois évangéliser
Qu'arrosé de l'eau salutaire.

JEAN-BAPTISTE

Je te baptise, au nom du Père.

JÉSUS

Maintenant, ouvre-moi tes bras.

JEAN-BAPTISTE

Maître, je ne mérite pas
De baiser l'ombre de vos pas,
Ni de dénouer vos sandales.

JÉSUS

Jean, après les eaux baptismales,
Je veux le baiser fraternel.

JEAN-BAPTISTE, baisant Jésus.

Qu'ainsi la terre touche au ciel !

JÉSUS

Prophète, un saint zèle t'enflamme,
Et de tous les fils de la femme
Le plus grand c'est toi... Vis en paix.

JEAN-BAPTISTE, à ceux qui l'entourent.

Suivez-le, partout, à jamais !

(Jésus part suivi du peuple. Les disciples de Jean hésitent. Jean leur
fait signe impérieusement de suivre Jésus, et ils le suivent.)

SCENE IV

JEAN-BAPTISTE seul. — Puis le CENTURION
et des SOLDATS

JEAN, regardant du côté où part Jésus.

Comme il est beau ! D'un pas auguste
Il va, l'étoile au front, le Juste !...
J'ai donc pu le voir et l'ouïr !
Je suis heureux ; je puis mourir.
Plus rien ne te fixe à la terre,
O mon âme ; remonte au Père ;
Retourne en joie au sein de Dieu,
Et que Jésus règne en tout lieu !

(Le Centurion et des soldats apparaissent.)

LE CENTURION, à ses gens.

Liez ses mains... (A Jean.) Jean le prophète,
Au nom d'Hérode, je t'arrête.

JEAN-BAPTISTE

Merci... qu'il me fasse mourir !
Et puissé-je beaucoup souffrir
En précurseur du grand martyr...
Soldats du Christ, sainte milice
Que recrutera le supplice,
Mon sang va vous ouvrir la lice.

DEUXIÈME TABLEAU

(Le lac de Tibériade, et, au bord du lac, d'un côté, une petite colline,
de l'autre, une montagne.)

SCÈNE V

JACQUES. — THOMAS. — PHILIPPE. — JEAN.
PIERRE. — JUDAS.

JACQUES, montrant les filets vides.

Il n'est sort tel que de pêcheur.

THOMAS, appuyé sur sa bêche et montrant la maigre terre
qu'il cultive.

Pire est celui du laboureur.

PHILIPPE, montrant ses yeux clos

Ah! votre lot est le meilleur...
Aveugle, je vis solitaire.

JUDAS

Ne sommes-nous venus sur terre
Que pour porter peine et misère?

JACQUES

On prétend que c'est à bon droit ;
Qu'il y a moins de mal qu'on ne croit ;
Que Dieu fait tout avec sagesse :
Pourtant, ce désordre me blesse.
Scribe, pêcheur, prince, artisan,
N'est-on pas tous les fils d'Adam ?
L'un devrait avoir comme l'autre.
Pour nous, petits, rien qui soit nôtre ;
Les grandes gens tiennent tout bien,
Et le pauvre peuple n'a rien.
Par Jéhovah ! ce n'est pas bien.

PIERRE

Qu'est celui qui de la colline
Lentement vers nous s'achemine ?

JEAN

Son front avec douceur s'incline ;
Il sourit

PIERRE, ravi.
Sa grâce est divine.

SCÈNE VI

LES MÊMES. — JÉSUS.

JÉSUS

Venez, je vous consolerai
Vous qui souffrez amères peines ;
Venez, je vous délivrerai
Vous qui gémissez sous les chaînes :
Venez, car mon bercail est beau,
Doux mon joug, léger mon fardeau.

PIERRE

Ah ! maître, à vous mon âme entière !

JÉSUS

Eh bien, jette les filets, Pierre.

(Pierre jette les filets.)

THOMAS

Reprendre la pêche?... A quoi bon?
Il ne viendra pas un poisson.

(Pierre retire péniblement les filets avec l'aide de Jean et de Jacques.

PIERRE

Regarde, Thomas,

THOMAS

Quel spectacle !
Le filet déborde... Miracle !

JÉSUS, à Thomas.

Eh bien, homme de peu de foi ?

THOMAS

Seigneur ! Seigneur ! Pardonnez- moi !

JÉSUS

Puissance et foi sont deux compagnes ;
La foi soulève les montagnes.

PHILIPPE

Maître, tournez vers moi le front !
Dites : « Vois, » et mes yeux verront.

JÉSUS

Qu'il soit fait selon ta prière ;
Car tu crois.

PHILIPPE

Je vois la lumière !...
Je vous vois, mon Dieu, mon sauveur !

TOUS, à genoux, les mains jointes.

Maître !

JÉSUS

Gardez cette ferveur;
Ayez vie et bourse commune,
Et suivez-moi.

JUDAS

Mais, sans fortune,
Nous ne pourrons aller bien loin.

JÉSUS

Ne redoutez pas le besoin.
Pour le cœur aimant la sagesse
La pauvreté se fait richesse.
Les riches, l'esprit tourmenté,
De richesse font pauvreté.
Prendre, garder, est leur étude.
Loin de vous cette inquiétude
Qui s'agite en mille travaux !
Voyez les lis et les oiseaux :
Dieu les nourrit; Dieu les habille,
Et leur riche parure brille
Plus qu'en sa gloire Salomon...
Avant de faire la moisson
Il faut laisser mûrir la graine ;
A chaque jour suffit sa peine ;
N'ayez souci du lendemain :
Dieu vous dirige de sa main.
Méritez qu'il vous soit propice ;
Cherchez son règne et sa justice ;
Le reste viendra par surcroît :
Tel, en dormant, un enfant croît.

PIERRE

Maître, c'est à vous que nous sommes,

JÉSUS

Eh bien, vous serez pêcheurs d'hommes.

JEAN

Ah! Gloire à vous dont la bonté
Nous ouvre ce monde enchanté

JÉSUS

Où la Joie aime, croit, espère,
Et fait riche la pauvreté !
Ivres d'amour et de lumière,
Nous vous suivrons, ô notre Père.

JACQUES

Des simples naïve gaieté,
Fraîche source de pureté
Où l'humble cœur se désaltère,
Sois notre Paradis sur terre !

JÉSUS

Donc, laissez tout et suivez-moi.
Dans les saints filets de la Foi
Enveloppant hommes et femmes,
Venez à la pêche des âmes.

THOMAS

Mais tout savoir nous manquera.

JÉSUS

Le feu d'amour y suppléera.
Le cœur qu'un saint amour éclaire
Enlève à l'esprit son bandeau ;
Sa chaleur se tourne en lumière,
Et le foyer devient flambeau.
Mais d'abord priez ; la prière
De l'homme allège le fardeau :
Douce rosée et pur dictame,
Elle embaume et rafraîchit l'âme...
Nourrissez-vous du divin miel ;
Respirez le parfum du ciel.

JEAN

Dites, nous ferons ; car vous êtes
Plus que la Loi, que les Prophètes.

(Tous les disciples se sont mis à genoux. Une musique majestueuse et douce se fait entendre. Jésus fait signe à Pierre, à Jean et à Jacques de l'accompagner, gravit la montagne, les fait s'arrêter, et s'agenouille à une petite distance d'eux. Pendant qu'il prie, il est transfiguré. Moïse et Élie apparaissent, l'un avec le livre de la Loi, l'autre avec son grand manteau de prophète, semblable à la longue robe avec rayures des moines du Carmel. Ils conversent avec Jésus qui se tient debout entre eux deux.)

SCÈNE VII

LES MÊMES. — ÉLIE et MOISE.

JEAN, montrant Jésus.

Voyez-le, vêtu de rayons
> Brillants comme la neige.
Tels, de partout, ses blancs sillons
> Au soleil font cortège.

PIERRE

Deux géants sont à son côté.

JEAN

C'est Élie et Moïse.

JACQUES

Comme ils ont grande majesté!
> Avec eux il devise.

JEAN

Devant son front splendide et doux
L'encensoir se balance;
Et les anges à ses genoux
L'adorent en silence.

(Les disciples élèvent les yeux et les bras vers le ciel. Ils aperçoivent une nuée lumineuse d'où sort une voix. Moïse et Élie s'agenouillent devant Jésus, puis s'éclipsent dans la nuée.)

LA VOIX

C'est ici mon fils bien-aimé
> En qui j'ai mis ma joie.
Croyez.

JEAN

Gloire au verbe incarné!
Gloire à Dieu qui l'envoie!

(Les trois disciples sont tombés à genoux, la face contre terre. Jésus s'approchant, les touche.)

JÉSUS

Levez-vous, n'ayez point de peur.

(Les disciples regardent de tous côtés et ne voient que Jésus.)

JEAN

Salut, ô Christ, divin Sauveur!

JÉSUS, les yeux au ciel.

Père, je bénis ta sagesse
Qui de ses clartés fait largesse
Non pas aux orgueilleux, aux grands,
Mais aux petits, aux ignorants.

Jésus redescend de la montagne. A ce moment paraît une femme portant une cruche sur l'épaule. Les disciples, reconnaissant une Samaritaine, se détournent avec mépris.)

SCÈNE VIII

JÉSUS. — LES DISCIPLES. — LA SAMARITAINE.

JÉSUS

Pourquoi mépriser cette femme?

PIERRE.

C'est une mécréante infâme
Dont l'approche souillerait l'âme.

JÉSUS, allant à la Samaritaine, et lui demandant à boire.

Penche ton urne.

LA SAMARITAINE

                    Y pensez-vous?
Vos pareils font mépris de nous.
Je suis pour vous une païenne,
Étant une Samaritaine.

JÉSUS

Qu'importe! Le Samaritain,
Comme le Juif, est mon prochain.

LA SAMARITAINE

On dit pourtant que la croyance
Nous met en grande différence;
Et tout pieux Galiléen
Rougit d'effleurer notre main
Ou de partager notre pain.

JÉSUS

Femme, le temps est proche où, par toute la terre,
Les vrais adorateurs n'adoreront le Père
Qu'en esprit et qu'en vérité.
C'est pour la soif d'un jour que cette eau désaltère;
Moi, je penche sur tous l'urne au flot salutaire
Abreuvant pour l'éternité.

LA SAMARITAINE

Seigneur, seriez-vous le Messie
Dont parle mainte prophétie?

JÉSUS

Je le suis. Femme, va en paix;
Voici la fin des jours mauvais...

La Samaritaine se jette aux pieds de Jésus. Il la relève. Les disciples
ravis se sont groupés autour du Maître. Il regarde au loin et étend
les bras.)

JÉSUS

Vous tous, que la peine aiguillonne,
Qui, sans être plaints de personne,
Dans votre labeur monotone
Avez cœur droit, volonté bonne,
Venez des quatre vents du ciel,
Venez au banquet éternel!

ACTE II

MAGDELAINE ET JÉSUS

———

TROISIÈME TABLEAU

(Chambre fastueuse de Magdelaine, avec large fenêtre donnant sur une
terrasse. Magdelaine est à moitié couchée sur un lit de repos, la gorge
et les bras nus, les cheveux ruisselant sur ses épaules, les pieds à
demi retenus dans ses sandales. Ses doigts se promènent languissam-
ment sur les cordes d'un kinnor. Après en avoir tiré quelques accords
voluptueux, elle laisse tomber la lyre.)

SCÈNE PREMIÈRE

MARIE-MAGDELAINE, seule (1).

MAGDELAINE, rêveuse.

Amours, illuminez ma vie ;
Versez-moi l'extase infinie.
Rêve, fais-toi réalité !
Moment, fais-toi l'éternité !
A chaque jour nouvelle aurore.
Je n'aime plus ; puis j'aime encore...
Passant à qui va mon désir,
Saisis l'heure ; hâte le plaisir.
Toi non plus n'as rien à me dire,
Et demain je vais te maudire...
Si je n'aime un ami qu'un jour
C'est que j'aime à jamais l'amour.

VOIX du dehors.

Parlez, Jésus ! Parlez, doux maître !

MAGDELAINE

Quel est ce bruit ? De ma fenêtre
Je vois une foule apparaître.
(Interrogeant.)
Qu'est-ce ?

VOIX du dehors.

Le prophète nouveau,
Jésus.

MAGDELAINE, à part.

Est-il jeune ? Est-il beau ?...
(Elle se pare, puis regarde.)

SCÈNE II

MAGDELAINE, — Au dehors, JÉSUS et le PEUPLE

JÉSUS, continuant à parler au peuple.

Regarde, pauvre créature,
Reflet de Dieu par ta nature,
Regarde en quels péchés tu vis,
A quels tourments tu t'asservis !
Ton aveugle attente se fonde
Sur les frivolités du monde ,
Tu mets dans les plaisirs charnels
Le bonheur de tes jours mortels.
Ah, cherche au-dessus de la terre !
Ici tout a sa lie amère ;
La douleur en sortet vous point.
Toujours le ver qui ne meurt point ;
Toujours le feu qu'on n'éteint point.

MAGDELAINE, mettant la main sur son cœur.

Toujours le ver qui ne meurt point ;...
Toujours le feu qu'on n'éteint point....

JÉSUS

Ici trop petit est l'espace,
Et trop courte l'heure qui passe.
Voyez là-haut l'immensité ;
Espérez en l'éternité !
Lorsque sous les soleils d'été
L'or des jaunes épis scintille,
Le laboureur prend la faucille.
Enfants, le père de famille
Qui dans le ciel veille sur tous
A tourné ses regards vers vous.
Il a dit : « Je veux dans mon aire
« Cueillir le froment de la terre ;
« Un signe a lui sur l'horizon ;
« Le monde est mûr pour la moisson...
« Pauvres gens vivant sous le chaume,
« Cœurs simples, à vous mon royaume ! »
J'annonce le règne de Dieu ;
Du ciel j'apporte ici le feu ;
Approchez, tous ; qu'il vous allume,
Et que tout vice s'y consume !
Demandez, Dieu vous donnera ;
Frappez, et Dieu vous ouvrira.
Ici rien que fausses richesses,
Ici rien que vaines tendresses ;
Toute source ici se tarit ;
Toute fleur ici se flétrit.
Là-haut s'éternise l'aurore ;
On aime ; on aime ; on aime encore
Dans la paix, la joie et l'azur.
Là tout est beau ; là tout est pur.

Jésus continue à cheminer, suivi de la foule.

SCÈNE III

MAGDELAINE. seule,

se répétant les dernières paroles de Jésus.

Toute source ici se tarit...;
Toute fleur ici se flétrit...
Là-haut s'éternise l'aurore...;
On aime... on aime;... on aime encore
Dans la paix, la joie et l'azur...,
Là tout est beau... ; là tout est pur....

Passant de sa profonde rêverie à une généreuse fureur, elle disperse et
foule aux pieds ses bijoux et ses parures.)

Disparaissez, appas des vices,
Instruments de vaines délices,
Pourpre, joyaux, perles, saphir,
Diamants de Perse, or d'Ophir,
Miroirs de Smyrne et de Palmyre,
Où la chair impure s'admire!
Loin de moi votre éclat trompeur!
Je m'éveille de ma torpeur ;
Je me relève de ma tombe.
Empêche que je n'y retombe ;
Armé de ton charme vainqueur,
Mets la force en mon faible cœur,
O grand Jésus, mon roi, mon maître!
Ta parole m'a fait renaître ;
Désormais je suivrai tes pas,
Seigneur ; ne m'abandonne pas !

QUATRIÈME TABLEAU

(Montagne aux lignes harmonieuses dont le sol est tapissé de verdure et de fleurs. Jésus est sur un promontoire couronné de tamaris et de lauriers-rose. Le peuple est échelonné le long des pentes boisées de la montagne.)

SCÈNE IV

JÉSUS. — MARIE. — DISCIPLES. — SIMON. — PEUPLE. — Puis MAGDELAINE.

SIMON

Que l'air est pur ! Le ciel en fête
Met la joie autour du Prophète.

(Magdelaine arrive et s'agenouille à l'écart de la foule, regardant de loin Jésus et l'écoutant avec un recueillement profond.)

JÉSUS

Venez tous, les déshérités ;
A vous les célestes clartés.
Opprimés qui gisez à terre,
Humbles, souffrant peine et misère,
Venez ! Dans la maison du Père
Les premiers seront les derniers ;
Les derniers seront les premiers.
Malheur, riches ; car vos richesses
Ne vont pas au pauvre en largesses !
Malheur, grands ; car vos appétits
S'abreuvent du sang des petits !
Malheur, savants ; car la science
Est de rien sans la conscience !
Malheur, prêtres ; la piété
Ne vaut que par la charité !
Malheur aux heureux ! leurs paupières
Sont sèches aux pleurs de leurs frères !

SIMON

Parlez, Jésus ! Instruisez-nous !

JÉSUS

Pauvres d'esprit, bonheur à vous;
Le ciel sera votre héritage.
Débonnaires, bonheur à vous;
Vous aurez la terre en partage.
Vous qui pleurez, bonheur à vous;
Vos larmes seront essuyées.
Justes fervents, bonheur à vous;
Vos faims seront rassasiées.
Chastes et purs, bonheur à vous;
Vos yeux verront Dieu face à face.
Pacifiques, bonheur à vous;
Vous serez enfants de la grâce.
Compatissants, bonheur à vous;
Vous pardonnez; Dieu vous pardonne.
Persécutés, bonheur à vous;
C'est son trône que Dieu vous donne!

SIMON

Quel labeur de par toi n'est doux!...
Divine voix! Pure rosée
Qui rafraîchis l'âme épuisée!

JÉSUS

Enfants, priez sans longs propos,
Et dans votre chambre, à huis clos.
Mais la meilleure des prières
C'est le pardon. Vous êtes frères;
Allez, réconciliez-vous;
Puis, venez vous mettre à genoux.

SIMON

Quelle prière dirons-nous?

JÉSUS

O roi des cieux, notre bon Père,
Gloire à toi, l'Eternel.
Que ton vouloir soit fait sur terre
Comme il est fait au ciel!
A nos corps, à nos âmes, donne
Le pain quotidien;

Et que ta bonté nous pardonne
Comme nous au prochain.
Délivre-nous du mal; refrène
En nous l'esprit malin,
Et que ton règne vienne !
Amen.
Amis, prier mène à bien faire;
Soyez parfaits comme le Père,
Qui vous nourrit et vous éclaire.
Son soleil luit d'un même éclat
Sur le juste et le scélérat.
Ne faites ni torts ni parjures,
Rendez le bien pour les injures ;
Aimez de cœur vos ennemis :
Vous serez ses enfants soumis,
Et sur la mort ayant victoire,
Vous irez vivre dans la gloire.

(Jésus s'en va lentement, accompagné par la foule. Magdelaine reste pros-
ternée, et Marie s'approche d'elle.)

SCÈNE V

MAGDELAINE. — MARIE.

MARIE

Hélas ! quel est votre souci,
Vous que je vois pleurer ainsi,
Agenouillée et solitaire,
Le front tourné contre la terre

MAGDELAINE

Je pleure sur mes tristes jours
Donnés aux coupables amours;
Je pleure sur mon âme impure
Où tout vice a mis sa souillure.
J'adore en Jésus mon sauveur;
Mais comment du Libérateur

Pourrais-je affronter le visage?...
Vous dont la pitié me soulage,
O vierge au regard chaste et doux,
Lis riant, qui donc êtes-vous?

MARIE

Il est mon fils. Je suis Marie.

MAGDELAINE.

Ah! soyez mille fois bénie
Vous dont l'heureux sein a porté
Le prophète de vérité.

MARIE

Oui, mon bonheur est grand, ô femme,
Et je bénis Dieu dans mon âme
D'avoir sur mon humilité
Fait rayonner sa majesté.

MAGDELAINE.

Si vous me contiez son enfance!

MARIE

Un miracle fit sa naissance.
Le Dieu dans l'enfant rayonnait;
Mais son tendre corps s'inclinait
Aux lois de l'humaine misère,
Et sa voix bégayait : « Ma mère! »
De ses langes je le couvrais;
Puis, les mains jointes, j'adorais...
Quelle dignité sur sa face!
Dans ses mouvements quelle grâce!
Son sourire était enfantin
Et son regard était divin.
Il grandit. Comme croît la flamme,
Les vertus croissaient en son âme.
A douze ans, devant les docteurs,
L'astre, un jour, montra ses splendeurs;
Puis, voilant sa sainte nature,
Jésus reprit la vie obscure
Où le confinait son métier
Sous l'humble toit du charpentier (2).

Travail, amour, paix, innocence
Ensoleillaient notre indigence.
Joseph mourut. Mon fils pieux
Avec moi lui ferma les yeux...
Mais soudain, quittant le mystère,
Montrant le Messie à la terre,
Il apparaît. Son Verbe sort,
Lait du petit et pain du fort...
Moi, je vais marchant dans son ombre ;
Je sais que ce monde qui sombre
Par lui du mal sera vainqueur ;
Je repasse tout en mon cœur
Et me sens doucement ravie.
L'entendre, le voir est ma vie.
— Voyez-le, fille de Sion ;
Vous trouverez paix et pardon.

MAGDELAINE

O parole consolatrice !...
Sainte mère, ma protectrice,
Vous avez lui sur mon chemin
Comme l'étoile du matin
Qui sauve l'esquif du naufrage
Et guide sa proue au rivage.

CINQUIÉME TABLEAU

(Repas chez Simon le Lépreux. Les convives sont à demi couchés sur des divans, les coudes appuyés sur des coussins.)

SCÈNE IV

JÉSUS. — MARIE. — LES DISCIPLES. — HELKIAS. — SIMON LE LÉPREUX. — DIVERS CONVIVES

MAGDELAINE, à la porte de la salle du festin.

Pécheresse, que feras-tu ?
En Jésus est toute vertu.

Tu ne peux pas avoir l'audace
De te montrer devant sa face...
Cœur vide de toute vertu,
Pécheresse, que feras-tu?...
Eh quoi ! Mourrai-je inassouvie
Devant la fontaine de vie?...
J'irai me mettre à vos genoux :
J'irai, Seigneur, j'irai vers vous !

(Elle entre, se jette à genoux et baise les pieds de Jésus qu'elle arrose
de larmes.)

SIMON LE LÉPREUX

Dehors! Que nous veut cette femme.

JÉSUS

Laissez-la. J'ai lu dans son âme.

LE PHARISIEN HELKIAS

Osez-vous bien lui faire accueil
Et la regarder de bon œil?
C'est une de ces pécheresses
Qui sèment partout leurs tendresses.

JÉSUS

Au remords je suis indulgent.

(Magdelaine répand des parfums sur les pieds de Jésus et brise le vase
d'albâtre qui les contenait.)

JUDAS

Jeter ainsi du bel argent !
De ce nard, de ce cinnamome
On eût fait une forte somme.

JÉSUS

L'argent n'est pas le vrai trésor :
Crains de donner ton cœur à l'or,
Judas; car l'or, une fois maître,
Fait le voleur et fait le traître (3):

MARIE, à Jésus, en lui montrant Magdelaine.

Voyez quel repentir profond :
On dirait que son cœur se fond.

JÉSUS

Coulez, coulez, pleurs de tendresse
Où s'épanche une sainte ivresse;
Roulez vos tresses à mes pieds,
Cheveux à l'orgueil dédiés;
Fêtez la sainte pénitence,
Parfums faits pour la jouissance;
Cœur, sois pur; et qu'au même lieu
Où régnait l'homme règne Dieu!

MAGDELAINE

Seigneur, si doux à ma détresse,
Je ne suis qu'une pécheresse;
J'ai peur que mon vouloir soit vain :
Soutenez-moi de votre main!

JÉSUS

Quand il germe d'un sol robuste
Le petit grain de sénevé,
Bientôt vers le ciel élevé,
Devient un large et grand arbuste
Où les oiseaux posent leurs nids;
Qu'ainsi tes efforts soient bénis,
Et que l'ombre en rayons se change!...
Diamant tombé dans la fange,
Ta boue au soleil a fondu;
Le ciel à tes feux est rendu.

HELKIAS

Quoi! Parler ainsi d'une infâme!

JÉSUS

Je déclare qu'à cette femme
Il sera beaucoup pardonné
Parce qu'elle a beaucoup aimé.

(A Magdelaine.)

Relève-toi!... Dieu te réclame.
Les vrais trésors sont ceux de l'âme :
En y puisant on les accroît;
Qui tout donne toujours reçoit,
Et plus l'onde à grands flots ruisselle,
Plus la source se renouvelle.
Suis avec foi ta pure ardeur;
Va, femme; que ton tendre cœur
Se ferme à tout souci vulgaire,
Et s'ouvre au seul bien nécessaire!
On se perd en beaucoup de soins;
On se forge mille besoins:
Aimer est tout. Monte à la vie,
Et deviens tout âme, Marie!

HELKIAS, à part.

C'est le plus grand des séducteurs;
Il faut aviser les docteurs.

JÉSUS, se tournant vers le pharisien.

Honte aux péchés! Grâce aux pécheurs!...
Quand on a des brebis on s'attache à chacune,
Et si sur cent il en perd une,
Le maître laisse là les quatre-vingt-dix-neuf
Pour rendre la centième au troupeau resté veuf.
Il va cherchant partout jusqu'à ce qu'il la trouve;
Sitôt qu'il la revoit, quel plaisir il éprouve!
Il la met sur l'épaule et retourne au logis,
Disant: « Soyez en joie, amis;
« Cette brebis était perdue,
« Et voici qu'elle m'est rendue. »

———

ACTE III

LE TRIOMPHE

—

SIXIÈME TABLEAU

(Au parvis du Trésor, dans le Temple. Prêtres, scribes et pharisiens sont assis sur des sièges de marbre et d'ivoire. Quelques-uns sont debout.

SCÈNE PREMIÈRE

CAIPHE. — HELKIAS. — RABBI-ZADOK. — NICODÈME. — PRÊTRES. — PHARISIENS. — SCRIBES. — Puis JÉSUS.

CAIPHE

Qui croit en lui? Les gens de rien.
A-t-il un seul Pharisien?

HELKIAS

Non.

CAIPHE

Un seul docteur, un seul prince?

HELKIAS

Non.

CAIPHE

Il mène de sa province
Une douzaine de pêcheurs
Dont il veut faire des prêcheurs.
C'est un fou.

LE SCRIBE RABBI-ZADOK

Mais il a le peuple,
Et le saint temple se dépeuple.

HELKIAS

Avisez, ou nous périssons!

(Jésus entre, suivi par des enfants dont quelques-uns se montrent sur le
perron de quinze marches par lequel on accède à la cour d'Israël.)

DES ENFANTS, au dehors.

Hosannah! nous vous bénissons!

CAIPHE, à Jésus.

Faites-les taire!

JÉSUS

Ils se tairaient
Que ces murs, ces pierres crieraient.

CAIPHE, bas.

Cherchons à le prendre en défaut...

(Haut à Jésus.)

Êtes-vous homme comme il faut,
Ayant en votre compagnie
Des femmes de mauvaise vie,
Des gueux?

JÉSUS

Relever les pécheurs
Et donner force aux simples cœurs
N'est pas chose qui m'avilisse.

CAIPHE

Au lieu de porter un cilice,
D'avoir le front triste et songeur,
De témoigner grande rigueur,
Et d'adopter la vie austère
Que menait Jean le solitaire,
Vous badinez dans un festin,
Et vous renouvelez le vin
Pour égayer encor la fête;
Est-ce là l'œuvre d'un prophète?

JÉSUS

Je songe à ce refrain d'enfant
Que dans la rue on va chantant :
« Vous avez vu sur nos fronts la tristesse
        « Et vous ne pleurez pas;
« Vous avez vu sur nos fronts l'allégresse
        « Et vous ne riez pas. »
Jean faisait de maigres repas
Et restait dans la solitude.
On a dit: « Cet homme est trop rude. »
Jésus boit, mange comme tous,
Va, vient en tous lieux, parmi vous ;
On dit : « Il a trop bonne vie
Et trop mauvaise compagnie. »
Qui peut m'accuser de péché?
Personne. En moi rien de caché;
Je mets au grand soleil ma vie
Et mon œuvre me justifie.

RABBI-ZADOK, toujours benin.

Mais quand on prétend enseigner
On doit se faire endoctriner.
Au voyageur il faut des vivres.
As-tu seulement lu nos livres?

JÉSUS

Je lis dans le livre de Dieu,
Et du ciel j'apporte le feu.

Juifs, la vérité vous appelle
Et l'on n'est libre que par elle :
Serfs du péché, faites effort ;
Sortez des ombres de la mort !

HELKIAS

Ainsi Dieu t'a fait son Messie
Dans l'échoppe où ta main durcie
Poussait le rabot et la scie ?

JÉSUS

L'esprit souffle où c'est son plaisir.
Je ne fais qu'au Père obéir,
Et suis venu sur cette terre
Pour y répandre sa lumière.
Homme, je plierais sous le faix ;
Dieu fait en moi ce que je fais :
Il veut qu'au palais, sous le chaume,
Partout, s'ouvre à tous son royaume !

RABBI-ZADOK

Où donc ce royaume de Dieu ?

JÉSUS

Il est en n'importe quel lieu,
A Rome comme en Palestine,
            (Mouvement des Pharisiens et des docteurs.)
Au cœur où la vertu domine...

NICODÈME

Et qu'est-il ?

JÉSUS

La félicité,
Hors du temps, dans l'éternité.

CAIPHE

Quoi ! Du ciel vous ouvrez la porte
Aux Gentils ?

JÉSUS

Juifs, Gentils, qu'importe ?
C'est par le cœur, non par le sang,
Qûe du Seigneur on est l'enfant.
Le temps n'est plus où votre race
Avait seule part à sa grâce ;
Dieu, sur tous étendant la main,
Appelle à soi le genre humain.

(Murmures.)

HELKIAS

La synagogue excommunie
Qui de la sorte nous renie
Et mêle à la ra bénie
La vile engeance de ces chiens
D'incirconcis et de païens.

CAIPHE, à Jésus.

Vous savez quels maux on s'apprête
Quand on veut faire le prophète?

JÉSUS

A supporter peine et mépris
L'amour convie ;
Le bon pasteur pour ses brebis
Donne sa vie.

NICODÈME

Non, jamais homme ne parla
Comme nous parle celui-là.

RABBI-ZADOK, à Jésus.

Tu méprises nos ordonnances.

JÉSUS

Je préfère à vos observances
La foi, les œuvres.

HELKIAS

> Aux repas,
> Tes disciples ne jeûnent pas.

JÉSUS

> Laissez: à l'époux ils font fête ;
> Ils jeûneront la noce faite.
> Maintenant, tout dans la maison
> Est joie et bénédiction...
> Un mets ne peut souiller la bouche.
> C'est ce qu'elle dit qui me touche,
> Non ce qu'elle mange. Jeûnez,
> Je l'approuve. Mais refrénez
> La langue d'où tout mal abonde.
> Il n'est pire hypocrite au monde
> Qu'un dévot qui manque au devoir
> Mais vit d'eau claire et de pain noir.

HELKIAS

> Même le jour de la prière,
> Tu poursuis ton faux ministère

JÉSUS

> Qui de vous, le jour du repos,
> S'abstient de soigner ses troupeaux?...
> Pour servir la famille humaine
> Le sabbat vaut un autre jour ;
> Il ne fait pas chômer la peine,
> Ne faisons pas chômer l'amour.

HELKIAS

> Tu traites avec badinage
> Les ablutions en usage.

JÉSUS

> Lavez l'âme, et puis le visage!

HELKIAS

> Tu méprises doctes et grands
> Pour t'adresser aux ignorants.

JÉSUS

A logis neuf nouvelles poutres ;
A vin nouveau nouvelles outres...
— Le bon grain de la vérité
Croît où fleurit l'humilité ;
Ouvert à tout vent salutaire,
Le bon peuple est la bonne terre.

RABBI-ZADOK

Donc tu dis : « Silence aux docteurs. »

JÉSUS

Je dis : « Honte à ces ergoteurs,
Artisans de subtiles trames,
Qui d'un ton doux perdent les âmes,
Beaux arbres portant mauvais fruits,
Loups vêtus de peaux de brebis ! »

CAÏPHE, bas à Rabbi-Zadok.

Impossible de le reprendre.

RABBI-ZADOK, bas à Caïphe.

Je vais le flatter et le prendre.

(Haut à Jésus.)

Il est vrai, ton langage est franc ;
Tu n'as aucun souci du rang
Et le cœur parle par ta bouche :
Fixe donc un point qui nous touche :
Payer à César des tributs,
Maître, n'est-ce pas un abus ?

(Bas à Caïphe.)

Nous le tenons, quoi qu'il réponde.
Qu'il dise non, le peuple gronde ;
Que ce soit oui, le gouverneur
Vengera sur lui l'empereur.

(Jésus s'est fait donner une pièce de monnaie et la montre par le côté
où se trouvent l'effigie et le nom de l'empereur.)

JÉSUS

Pourquoi, méchants, user de feinte?
Voyez ce nom et cette empreinte...
A César l'argent; l'âme à Dieu.

RABBI-ZADOK

Bien répondu; j'en fais l'aveu.

SCÈNE II

LES MÊMES. — OFFICIERS ET SERVANTS DU TEMPLE. — LA FEMME ADULTÈRE

UN OFFICIER, traînant par les cheveux la femme adultère.

Nous avons surpris cette femme
En adultère.

OFFICIERS ET SERVANTS

A mort l'infâme!

CAIPHE, à Jésus.

Devons-nous aux mauvaises gens
Comme vous être complaisants?
Défendrez-vous que l'adultère
Soit massacrée à coups de pierre?
                    (Bas aux pharisiens.)
Ou trop clément, ou trop sévère,
Qu'il l'absolve ou qu'il dise: « A mort! »
Il va toujours se faire tort.

(Jésus s'est incliné vers la terre et, avec le doigt, écrit sur le sable.)

UN SERVANT

Qu'écrit-il?

UN AUTRE SERVANT

Nos péchés peut-être...

3.

CAÏPHE, à Jésus ironiquement.

Eh bien, dites votre avis, maitre.

JÉSUS

Qui donc la lapidera?

OFFICIERS ET SERVANTS

Nous.

JÉSUS

Vous?... C'est juste...
(Se relevant et les enveloppant tous de son regard.)
Eh bien, armez-vous...
Qui n'a nul reproche à se faire
Qu'il jette la première pierre!

(Jésus, s'inclinant de nouveau, se remet à écrire sur le sable. Les accusateurs de la femme adultère s'en vont l'un après l'autre, les vieux les premiers. Pharisiens et docteurs s'entre-regardent, confondus. Jésus se relève.)

JÉSUS, à la femme.

Les voilà donc tous disparus!
Partez, femme, et ne péchez plus.
(La femme sort.)

SCÈNE III

LES DOCTEURS. — LES PHARISIENS. — JÉSUS. — CAÏPHE

NICODÈME, à Jésus.

Dieu parle en toi ! Fais nous largesse
Des saints trésors de la sagesse;
Explique la loi du Seigneur:
(Mouvement des prêtres, des docteurs et des pharisiens subjugués par Jésus.)

JÉSUS

« Aimez Dieu de tout votre cœur
« Et le prochain comme vous-même. »

Rien d'impossible quand on aime.
On dit : « OEil pour œil, dent pour dent ! »
Je dis : « Soyez bons au méchant ;
Magnanimes devant l'outrage,
Laissez le mal user sa rage ;
Battus, ne frappez pas ; souffrez ;
Et, s'il vous faut mourir, mourez. »
Bénissant ceux qui vous maudissent,
Priant pour ceux qui vous haïssent,
Vous finirez par les toucher,
Et l'eau jaillira du rocher...
S'ils restent durs, c'est leur affaire :
Aimez quand même. Je veux faire
De la vie un baiser de frère,
De la mort un baiser de Dieu.

NICODÈME

Oui, que l'amour règne en tout lieu !
Sans charité pas de justice :
Sauvons-nous par le sacrifice !

JÉSUS, regardant prêtres, docteurs et pharisiens.

Pleurez, pécheurs ; pécheurs, pleurez ;
Changez vos cœurs, ou vous mourrez,
Après la mort, de mort nouvelle,
De la dure mort éternelle.
Pleurez, pécheurs ; pécheurs, pleurez !
Bientôt, pauvre terre chétive,
Sonnera, terrible, hâtive,
L'heure du dernier jugement,
L'heure du grand discernement.
Le fils de l'homme doit paraître
Sans qu'on ait pu se reconnaître ;
Chacun plantera, bâtira,
Et tout à coup la fin viendra ;
Ce monde sera l'autre monde.
Tel l'éclair en une seconde
Fait luire son rouge sillon
Sur les deux bouts de l'horizon.
La terre s'ébranle et chancelle

Comme un homme enivré de vin ;
Gouffres, monts et mers, tout se mêle
Dans un entassement soudain ;
Partout retentit la trompette
Qui sonne au loin l'appel des morts ;
Ils se dressent, foule muette,
Et vont palpant leurs pauvres corps.
Du fond de l'immensité noire
Ont jailli des flots de clarté ;
Dieu vient en grande majesté
Assis sur son trône de gloire ;
Les anges sont à son côté,
Et son regard qui se promène
Le long du céleste domaine
Sépare les boucs des brebis :
« L'ivraie ici ; là les épis !
« A droite la troupe bénite !
« A gauche la troupe maudite ! »
Et chacun à sa place ira.
Or écoutez ce que dira
Le Fils trônant sur les nuées :
« Voyez mes mains de clous percées,
Voyez mes pieds rougis de sang ;
Voyez le trou fait à mon flanc ;
Je reçus pour tous ces blessures ;
Je souffris pour tous ces tortures.
Et que demandais-je en retour ?
Je demandais un peu d'amour
Pour ceux en qui peine et souffrance
Réalisaient ma ressemblance.
Vous, les miséricordieux,
Fraternels à toute misère,
Vous trouverez grâce à mes yeux ;
Venez, les élus de mon Père ;
Venez au royaume des cieux.
Affamé, vagabond et nu,
Vous m'avez pris, nourri, vêtu ;
Car je réside en ceux que j'aime ;
Petits et pauvres, c'est moi-même.
Mais vous qu'on implorait en vain,

J'aurai pour vous un cœur d'airain.
C'était moi votre pauvre frère ;
Sa misère était ma misère ;
Je souffrais l'abandon, la faim ;
Vous me laissiez sans toit, sans pain.
Les humbles furent votre proie,
Voyez : leurs pleurs changent en joie ;
Que votre ris en pleurs se noie ! »
        Et leurs yeux pleureront,
        Et leurs dents grinceront.

(Arrive Pierre tout ému.)

SCÈNE IV

LES MÊMES. — PIERRE.

PIERRE, à Jésus.

Magdelaine a perdu son frère ;
Il est mort et gît dans la bière.

JÉSUS

Pauvre Lazare !... Pauvre chair !...
Qu'est l'homme ? Une vague de l'air,
La bulle d'eau qu'un souffle efface,
L'ombre d'un fantôme qui passe.

(Jésus pleure.)

HELKIAS

Voyez comme il le chérissait ;
Et pourtant il est mort.

JÉSUS, levant un doigt au ciel..

Qui sait ?...

(Il part, et beaucoup le suivent.)

NICODÈME, montrant Jésus.

Dans son œil quel rayon céleste !
Cet homme est grand.

CAIPHE

Il est funeste.

SEPTIÈME TABLEAU

(A la grotte du sépulcre de Lazare.)

SCÈNE V

MAGDELAINE.

Seigneur ! Seigneur ! Mon frère est mort.

JÉSUS

Ne pleure pas, ma fille ; il dort.

MAGDELAINE

Non, il n'est plus ; voici sa bière.
Depuis trois jours, sous cette pierre
Gît tout de long son pauvre corps.

JÉSUS

La foi remet debout les morts
Quand elle est par l'amour servie.
Crois en moi; car je suis la vie.

MAGDELAINE

Ah ! je vous aime, cher seigneur,
Et crois en vous de tout mon cœur.
Dites un mot ; dans son suaire
Nous verrons se lever mon frère.

JÉSUS, faisant signe qu'on enlève la pierre du tombeau.

Qu'il soit donc fait selon ta foi,
Femme...
(D'une voix forte.)
Lazare, lève-toi !

MAGDELAINE

C'est lui ! L'œil ouvert, le teint blême,
Il se lève ! Il vit !

LAZARE, debout, le corps enveloppé dans son linceul.

C'est moi-même !
Je vis ; et crierai par tout lieu
Le nom de Jésus fils de Dieu.

(Lazare sort suivi par la foule qui l'accompagne du sépulcre à sa maison de Béthanie.)

SCÈNE VI

JÉSUS. — MAGDELAINE

VOIX, au dehors.

Il vit !

MAGDELAINE

Quels cris sa vue excite !

VOIX, au dehors,

Gloire à Jésus qui ressucite !

MAGDELAINE

Tous vers vous élèvent la main.

JÉSUS, pensif.

Ils croient aujourd'hui ; mais demain !...

MAGDELAINE

Oui, demain... De mon allégresse
Sortent des ombres de tristesse ;
Je ne sais pas pourquoi j'ai peur,
Mais l'angoisse m'étreint le cœur ;
Tout m'est dangers, tout m'est alarmes ;
Mes yeux sont deux sources de larmes :
L'hosannah devrait m'enivrer ;
Voyez, je ne puis que pleurer.

JÉSUS

Bénis les larmes que tu pleures ;
Car celles-là sont les meilleures
Que tire du cœur et des yeux
L'instinct d'amour venu des cieux.

MAGDELAINE

C'est donc la voix de la nature
Qui parle à mon âme, et murmure :
« L'heure vient : Jésus doit périr. »
Oui, ces Juifs vous feront mourir,
Eux qui font votre apothéose.
Ils enguirlandent lis et rose
Pour parer l'agneau ; puis un soir
Le conduisent à l'abattoir.
Ah ! d'y penser je serais morte
Si ma foi n'était la plus forte.
Du sépulcre forcez la porte
Et n'y dormez qu'un court sommeil !
J'aurai soif de votre réveil
Comme la plante du soleil.

JÉSUS

Tu prophétises, Magdelaine :
L'allégresse suivra la peine...
Espère, et vis l'âme sereine.

(Lazare, qui a repris ses vêtements, arrive suivi de la foule.)

SCÈNE VII

LES MÊMES, — SIMON. — LAZARE. — LE PEUPLE.

SIMON, à Jésus.

Venez ! Triomphez ! Soyez roi !

LAZARE, montrant Jésus.

Juifs, donnez-lui tous votre foi...
Le boiteux marche ; et je vis, moi !

HUITIÈME TABLEAU

(Jérusalem. — L'avenue orientale du Temple. — Le Temple.)

SCÈNE VIII

JÉSUS. — SIMON. — LAZARE. — MALCHUS. — DISCIPLES DE JÉSUS. — HOMMES, FEMMES.

(On entend une mélopée lointaine qui se rapproche de plus en plus.)

FEMMES

Chante, Jérusalem! Que ton front se redresse!
Paisible et doux, plein de bonté, plein de tendresse,
Ton seigneur vient à toi; renais de ta détresse.

HOMMES

Hosannah! Gloire au fils de David! Hosannah!
Béni celui qui vient au nom de Jéhovah!
Hosannah! Gloire au roi d'Israël! Hosannah!

(Jésus apparaît monté sur une ânesse qu'un homme du peuple mène par la bride et que suit son ânon. Les disciples ont fait une housse à l'ânesse avec leurs plus beaux vêtements.)

LAZARE

Voici venir sur une ânesse
Le doux Jésus. Joie et liesse!

SIMON

Portons des branches de palmiers;
Jetons nos manteaux à ses pieds!

LAZARE

Il n'a pas remporté victoires,
Il n'a pas fait savants grimoires;
Mais c'est le père des petits,
Ouvrant à tous le paradis.
Il est plus grand que capitaine,

JÉSUS

Que docteur en chaire hautaine ;
Ils ont la force, il a l'amour.

SIMON

C'est notre roi ; soyons sa cour !

LAZARE

Par lui tout mal est en déroute ;
Il ordonne, et la Mort l'écoute.
De verts rameaux semez sa route :
Hosannah ! Son nom soit béni !

TOUS

Hosannah ! Son nom soit béni !

MALCHUS

Hosannah ! Nos deuils ont fini !
Le roi qu'annoncent les prophètes
C'est lui .. Qu'il nous mène aux conquêtes !
L'espoir refleurit en tout cœur.
O Temple, restaure tes fêtes :
Les nations, par nous défaites,
Pâliront devant ta splendeur ;
Le vaincu sera le vainqueur.
Hosannah ! Louange au Seigneur !

TOUS

Hosannah ! Louange au Seigneur !

MALCHUS, à Jésus.

Refais-nous maîtres par le glaive ;
Mène-nous aux combats sans trêve !

JÉSUS

Tout pacifier est mon rêve.

MALCHUS, étonné.

N'es-tu pas le libérateur,
Des Gentils exterminateur ?

JÉSUS

Je suis pour tous le rédempteur.

MALCHUS

Adieu donc, vainqueur sans victoire ;
Poursuis ton triomphe illusoire...
Il faut aux Juifs un roi de gloire...

JÉSUS

Il faut au monde un Dieu d'amour.

MALCHUS

Va, je te quitte sans retour.

JÉSUS

Va, tu me reviendras un jour.
(Malchus part en hochant la tête.)

SCÈNE IX

LES MÊMES moins MALCHUS. — ENFANTS

ENFANTS, agitant des rameaux verts.

Salut, roi qu'il faut suivre et croire,
Fils de David, honneur et gloire !

(Les petits enfants s'empressent autour de Jésus. Voyant qu'on veut les
contenir, il fait signe qu'on les laisse venir à lui. Puis, digne et doux,
il descend de sa monture, les embrasse et les bénit.)

JÉSUS

Venez à moi, petits enfants,
Têtes naïves, cœurs aimants ;
Votre joue à chacun se donne
Et le ciel dans vos yeux rayonne.
(Se tournant vers ses disciples.)

Mes amis, ayez leur candeur :
Simples et purs dans votre ardeur,

Restez enfants à leur image ;
Les secrets ignorés du sage
Qu'un vain savoir appesantit,
Dieu les révèle au plus petit.

ENFANTS

Salut, roi qu'il faut suivre et croire !
Fils de David, honneur et gloire !

LAZARE

L'aube des cieux au monde a lui.
Saluons Jésus ! Gloire à lui !
Sa voix de Dieu dit les oracles
Et son bras sème les miracles.

TOUS

Hosannah ! Louange au Seigneur !

JÉSUS

Et bientôt avec même ardeur
Ils crieront : « Que Jésus périsse ! »
Ils accourront à mon supplice.
Pauvres esprits ! Cœurs inconstants !
Livrés au choc de tous les vents !

SCÈNE X

**LES MÊMES. — MARCHANDS DU TEMPLE. — Puis
SCRIBES ET PHARISIENS**

(Jésus, continuant sa marche, franchit le portique de Salomon ; puis entre dans la cour des païens où trafiquent acheteurs et vendeurs. Pris d'une sainte colère, il bouleverse les étalages des marchands qui débitent pigeons, agneaux, boucs, génisses, fruits et huiles pour les sacrifices ; renverse les tables des changeurs où sont empilés des sicles, et, s'étant fait un fouet avec les cordes qui servent à parquer les bêtes, il chasse les trafiquants du Temple. La grande majorité du peuple l'applaudit. Quelques Juifs témoignent leur désapprobation.)

JÉSUS

A bas estrades, étalages,
Tréteaux de honteux marchandages
Où l'usure, exploitant l'autel,
Pille la terre au nom du ciel !

(Aux vendeurs, en les chassant à coups de fouet.)

Vos doigts crochus, vos cœurs de pierre,
Font de la maison de prière
Une caverne de voleurs :
Disparaissez, profanateurs !

UN MARCHAND

Oter au culte ses offrandes !

UN AUTRE

Ne pas respecter nos prébendes !

(Pendant la scène qui précède, des scribes et des pharisiens, revenant
de l'autel des Holocaustes, traversent solennellement la cour des
prêtres, puis la cour d'Israël, où ils font l'aumône avec ostentation à
des pauvres rangés sur leur chemin. En tête marchent le scribe
Rabbi-Zaddok, le dos voûté, les pieds traînants, les yeux fixés à terre,
et le pharisien Helkias, l'air arrogant, fastueusement vêtu, et portant
attaché à son bras un très large parchemin sur lequel sont écrits des
versets de la Loi. Arrivés au vestibule des païens, ils sont témoins de
ce qui se passe. Leur indignation est au comble.)

HELKIAS

Molester d'honnêtes vendeurs !

RABBI-ZADOK

Frustrer les sacrificateurs !

JÉSUS

Que font au Seigneur vos victimes
Si vous êtes chargés de crimes ?
Laissez la vie à vos troupeaux ;
Dieu veut de vous des cœurs nouveaux

RABBI-ZADOK

Blasphémateur abominable !

HELKIAS

Cet homme est un suppôt du diable!

JÉSUS

Ah! scribes et pharisiens,
Charlatans et comédiens,
Qui déclamez contre les vices,
Voyez partout mal, injustices,
Et trompettez vos bons offices,
Orgueilleux d'être bien disants,
Pour les petits durs et cassants,
A genoux aux pieds des puissants,
Mettant du blanc sur vos visages
Pour être crus sobres et sages,
Priant tout haut avec grand bruit
Pour que vos élans portent fruit,
Affichant austère tenue,
Guettant toujours qui vous salue,
Cheminant d'un superbe pas,
Primant aux fêtes et repas,
Meublant d'erreurs les têtes neuves,
Traînant à vos talons les veuves,
Du bien des pauvres enrichis,
Honte à vous, sépulcres blanchis!
Au dehors vous parez votre âme;
Mais au dedans elle est infâme!
C'est un cadavre corrompu,
Plâtré d'un masque de vertu.
O serpents, race de vipère,
En qui le démon tout opère
Et joue avec le nom de Dieu,
L'enfer n'a pas assez de feu,
L'éternité dure trop peu
Pour punir votre ignominie!
Disparaissez! Je vous renie.
Malheur à vous! Malheur à vous!

SIMON

Quel lion dans l'agneau si doux!

PIERRE, à Jésus.

Du ciel lancez sur eux les flammes.

JÉSUS

Je ne viens pas perdre les âmes
Mais les sauver... Puissent leurs cœurs
Être lavé de leurs noirceurs!

SIMON, montrant les scribes et les pharisiens terrifiés qui s'en vont pêle-mêle,

Ils sont plus pâles que l'ivoire...

LAZARE

C'est Jésus qu'il faut suivre et croire;
A Jésus seul honneur et gloire!

JÉSUS

Peuple, je veux me recueillir...
Allez...

(La foule se disperse. Jésus se dirige vers l'autel des Holocaustes. Les scribes et les pharisiens ont tous disparu, sauf Rabbi-Zadok et Helkias.)

SCÈNE XI

HELKIAS ET RABBI-ZADOK

HELKIAS

Il les fait obéir.

VOIX AU LOIN

C'est Jésus qu'il faut suivre et croire;
A Jésus seul honneur et gloire!

HELKIAS

Ah! ses yeux lançaient des éclairs
Et sa voix était un tonnerre.

RABBI-ZADOK

J'ai cru voir s'abîmer la terre
Et se découvrir les enfers.

HELKIAS

Si le pouvoir n'en fait justice,
Bientôt ce fils du charpentier
Aura pour lui le peuple entier;
Il faut le pousser au supplice.

RABBI-ZADOK

Oui... les raisons ne manquent pas.

HELKIAS

Gagnons un des siens

RABBI-ZADOK

Qui?

HELKIAS

Judas (4).

(Apercevant Jésus qui revient de l'autel des Holocaustes, ils se mettent
à l'écart, puis s'approchent de Judas, sorti le dernier, lui parlent à
voix basse et s'en vont clandestinement avec lui.)

SCÈNE XII

JÉSUS. — PIERRE et les autres DISCIPLES, moins JUDAS

PIERRE, à Jésus.

Seigneur, où planter notre tente?

JÉSUS

N'importe! Ma vie est errante.
L'oiseau repose en son doux nid,
Le renard se creuse un abri ;
Et Jésus dont la mort s'apprête
N'a pas où reposer sa tête.

(Regardant la ville dont le panorama se déroule à ses pieds.)

* Jérusalem, Jérusalem,
C'est moi l'enfant de Bethléem,
        Qui délivre
        Et fais vivre.

Je voudrais rassembler tes fils
Comme la poule ses petits
        Sous son aile
        Maternelle.

Mais les prophètes du Seigneur
N'obtiennent de ton lâche cœur
        Que sévice
        Et supplice.
                    (Jésus pleure sur Jérusalem) (5).

PIERRE

Pourtant, quel triomphe plus beau!

JÉSUS

La main qui m'offre un vert rameau
Creusera demain mon tombeau.
Crains pour toi, ville qui me tues!
L'éclair s'allume dans les nues.
Déjà la foudre eût éclaté...
Je retiens le Père irrité...
Tu veux du sang: Prends et bois, terre;
Me voici prêt pour le Calvaire.

*. Un violon accompagne ces trois strophes en sourdine, sur l'air de la
Lamentation de Jérémie : *Jérusalem   Jérusalem, convertere ad Domi-
num, Deum tuum.*

ACTE IV

AU CÉNACLE ET AU JARDIN DES OLIVES

NEUVIÈME TABLEAU

(Salle du Cénacle ornée de tentures. Sur la table l'agneau, le pain azyme et le calice. Autour de la table, en demi-cercle, Jésus et les douze apôtres. A la droite de Jésus, Jean, puis Pierre. A sa gauche, à portée pour recevoir les ordres du maître, Judas, l'intendant de la troupe.)

SCÈNE Iʳᵉ

JÉSUS. — JEAN. — PIERRE. — JUDAS. — THOMAS. — PHILIPPE. — JACQUES et les six autres DISCIPLES.

JÉSUS

Rompons en frères notre pain,
Amis: c'est le dernier festin....

(Les yeux au ciel.)

O Père, sous ton aile
Prends le troupeau fidèle
Que mon départ prochain
Va laisser orphelin.
Père, allume en eux-mêmes
Tout l'amour dont tu m'aimes,
Et qu'ils vivent en toi
Comme tu vis en moi !

(Il bénit le pain, le rompt et en offre une portion à chaque disciple.)

> Mangez : voici mon corps,
> Que je livre au supplice
> Pour racheter les torts
> De l'humaine malice.

(Il bénit le calice rempli de vin et le passe aux disciples.)

> Buvez : dans ce calice
> Voici mon sang, versé
> Pour sceller l'alliance
> Qui des jougs du passé
> Sera la délivrance.
> En mémoire de moi
> Faites ceci, fils de ma loi.
> Le sarment, loin du cep fertile,
> Dégénère en bois inutile
> Qui sèche et que l'on jette au feu.
> Le cep dans la vigne de Dieu
> C'est moi.

PIERRE

> Vous seul ! De vous ruisselle
> Le vin de la vie éternelle.

JÉSUS

> Le ciel, la terre passeront ;
> Mais mes paroles resteront.....
> Sans aide, la pauvre âme humaine
> De ses profondeurs ne ramène
> Comme eau bourbeuse au fond d'un puits,
> Qu'erreur, malheur et mort. Je suis
> La Vérité ; je suis la Vie.
> Loin de vous la haine et l'envie !
> Aimez-vous bien ; un amour fort
> Ne craint ni souffrance ni mort.
> S'immoler est le don suprême :
> Aimez-vous comme je vous aime
> Moi qui vais m'immoler moi-même.
> Vous irez par tous les pays,
> Catéchisant Juifs et Gentils,
> Pour que chacun croie, aime, espère,
> Et par Jésus aille à son Père...
> Je vous laisse livrés aux loups :

Ils seront cruels; restez doux.
Si l'on vous prend votre tunique,
Donnez encor votre manteau;
Et, menacés de mort inique,
Offrez votre gorge au couteau.
N'importe que crocs et tenailles
Fouillent vos chairs et vos entrailles,
Purs, vous prévaudrez sur les forts.
Les bourreaux torturent le corps;
Mais leur bras ne peut rien sur l'âme
Où de l'Esprit brûle la flamme :
C'est vraiment vivre que mourir;
Tout souffrir c'est tout conquérir;
Le sang fait la moisson féconde;
Par la croix vous vaincrez le monde.
Semant dans toute nation
Le grain de la rédemption,
Transperçant les âmes frivoles
Du glaive saint de vos paroles,
Allez!... Que l'esprit créateur
De ses feux embrase tout cœur!
Qu'un vent d'amour passe sur terre!
Qu'un peuple à l'autre dise frère!
Que tout homme à Dieu dise père!
Que le loup paisse avec l'agneau;
Que les fils du siècle nouveau,
Assis en paix sous les charmilles,
Changent leurs lances en faucilles;
Que Dieu, par son Verbe éternel,
Donne une vision du Ciel
Aux plus petits en leur chaumière;
Qu'il n'existe, sous la lumière
Rayonnant du Consolateur,
Qu'un seul troupeau, qu'un seul pasteur!

JEAN

Ah! que votre parole amène
Le jour où dans la race humaine
Mourra le venin de la haine!

JÉSUS

En vérité, je vous le dis,
Un homme, homme à l'enfer promis,
Doit me trahir

JEAN

Quel est ce traître?

JÉSUS

Ce traître est ici.
(Les disciples regardent autour d'eux.)

PIERRE

Mais non, maître ;
Il ne se trouve ici que nous.

JÉSUS

Pierre, ce traître est un de vous.
(Ils s'entre-regardent.)

JACQUES

Un de nous! Ce n'est pas possible.

JÉSUS

C'est ce qui sera.

PIERRE

C'est horrible!
Quel est cet infâme?...

THOMAS

Pas-moi,
Je pense?

D'AUTRES DISCIPLES

Ni moi?

JUDAS

Ni moi?

JÉSUS, bas à Judas.

Toi !

(Lui tendant un morceau de pain.)

Il est écrit : « L'homme de crime
Mange le pain de sa victime. »
Prends.

JUDAS, bas à Jésus.

Moi, vous trahir !

JÉSUS, de même.

Tu l'as dit...
Va-t-en; fais comme il est prédit.

(Judas hésite, puis se lève et part.)

SCÈNE II

LES MÊMES, moins JUDAS.

THOMAS

Où va Judas ?

PHILIPPE

Demain c'est fête;
Quelque aumône doit être faite
Dont le maitre l'aura chargé.

PIERRE

Pourquoi Judas prend-il congé ?
Ne serait-ce pas lui le traître ?

JÉSUS

Laissez; il est ce qu'il doit être.

THOMAS

Nous sommes tous sûrs de nos cœurs
Et resterons vos serviteurs.

JÉSUS

Ah! faible foi! Foi vacillante!
Vous vous enfuirez, troupe errante.

THOMAS

Nous!

JÉSUS

Oui, vous. Et c'est annoncé:
« Sitôt le berger menacé,
« Tout le troupeau s'est dispersé. »

PIERRE

Moi je jure d'être fidèle.

JÉSUS

Pierre!...

PIERRE

Doutez-vous de mon zèle?
Jamais je ne vous trahirai;
Plutôt que faiblir je mourrai.

JÉSUS

Pierre, apprends à mieux te connaître.
Tel se croit ferme comme roc,
Qui branle et tombe au premier choc;
Trois fois tu renieras ton maitre
Avant le premier chant du coq.

PIERRE

Mais songez combien je vous aime,
O Christ, vrai fils du Dieu vivant!

JÉSUS

Oui, je sais ton amour extrême.
Mais l'homme est un sable mouvant,
Un roseau flexible à tout vent...
Tu seras fort par la prière.

Ton nom est Pierre ; sois la pierre
Sur laquelle se bâtira
L'Eglise où l'on me préchera...
Evitez ces mots, *maître, père,*
Et nommez vous l'un l'autre frère ;
Il sied au plus grand d'entre vous
D'être le serviteur de tous.

JEAN

Que votre parole bénie
Nous guide ! Elle est esprit et vie...
Mais, parlant de notre avenir,
Vous sentez votre mort venir ;
Ah ! détournez de votre tête
Le coup terrible qui s'apprête.
Pitié pour vous ! Pitié pour nous !
Je vous en supplie à genoux :
Soyez tendre à notre faiblesse !
Si votre bonté nous délaisse,
Quels maux ne seront triomphants ?
Nous sommes vos petits enfants
En qui tout bien par vous s'opère ;
Ne nous ôtez pas notre père ;
Restez, ou nous sommes perdus !

JÉSUS

Bientôt vous ne me verrez plus ;
Mais puis, vous me verrez encore :
Après la nuit revient l'aurore.
Mon heure arrive. Je m'en vais,
Enfants, et vous laisse ma paix.
Je pars ; mais non pas pour jamais.
Espérez ; l'espoir a ses charmes...
Tu pleures, Jean... Plus tard les larmes,
Quand je ne serai plus ici.
Maintenant, chasse tout souci ;
Et que ton front calme s'incline,
Mon bien aimé, sur ma poitrine...
Amis, la joie avec ses fleurs
Germera demain de vos pleurs.

Une femme, quand elle enfante,
Est angoissée et gémissante
Parce que son heure a sonné.
Mais, sitôt que l'enfant est né,
Tout s'oublie, et sa joie abonde,
Car elle a mis un homme au monde.
La vision des jours meilleurs
Est l'enchantement des douleurs...
Donc, levez-vous en gais convives;
Venez au Jardin des Olives.
Respirer la brise du soir.

(Jean, qui reposait sa tête sur le cœur de Jésus, s'est levé en même temps que lui et regarde au dehors.)

JEAN

Que l'air est lourd et le ciel noir!

DIXIÈME TABLEAU

(Au lieu dit Gethsémani, dans le Jardin des Olives, près du torrent du Cédron et au pied du Mont des Oliviers.)

SCÈNE III

JÉSUS. — JEAN. — PIERRE. — JACQUES.
Puis L'ANGE GABRIEL.

(Jésus s'avance lentement avec Jean, Pierre et Jacques (6). Les autres disciples sommeillent sur des bancs de gazon.)

JÉSUS, aux trois disciples.

Amis, laissez-moi seul un peu.
Veillez et priez...

(Jésus s'éloigne d'eux, à la distance d'un jet de pierre, et s'agenouille sur un tertre, à l'entrée d'une grotte.)

JÉSUS

O mon Dieu,
Que votre vouloir s'accomplisse !
Votre fils boira le calice...

Père !... Partout silence et nuit :
Seul, là, le torrent fait son bruit.
Je ne vois qu'images funèbres...

(Jésus revient vers les trois disciples.)

Jean !... Pierre !... Ils dorment...

(Jésus s'éloigne une seconde fois.)

Les ténèbres
Font à la terre un lourd manteau,
Tel le couvercle d'un tombeau...
Père !... Père !... Même silence ;
Le ciel est plein d'un vide immense ;
Dans l'air passe un frisson de mort...

(Jésus revient encore vers les disciples.)

Réveillez-vous... Qu'ils dorment fort !
Voilà donc l'effet de leur zèle !
L'esprit veut ; la chair est rebelle.

(Jésus s'éloigne de nouveau et s'agenouille une troisième fois.)

Père !... Père !... Mon corps brûlant
Epanche une sueur de sang,
Et du torrent la nappe sombre
Paraît comme un linceul dans l'ombre...
Père !... Un esprit vient de passer :
Je sens tous mes os se glacer,
Et mes cheveux se hérisser...
Ah ! comme j'ai l'âme troublée !...
Lac, montagnes de Galilée !...
Beaux jours enfuis, joie envolée !...
Sous l'angoisse mon cœur se tord,
Je suis triste jusqu'à la mort...
Mourir d'un si cruel supplice !
Père, détournez le calice !
Mais si c'est votre volonté,
Si ma mort fait nécessité
Au salut de l'humanité,
Alors n'épargnez pas ma vie :
Versez la coupe d'infamie,
Je la boirai jusqu'à la lie...
Cependant, laissez-moi pleurer...
Je souffre... Qui va me livrer ?

Judas, un des miens ! Qui m'accuse ?
Des Juifs !... Je vois, troupe confuse,
Des amis d'hier me reniant,
Des inconnus m'injuriant,
Une soldatesque avinée
Sur ma chair meurtrie acharnée,
Un peuple insolent et cruel
Me préférant un criminel,
Des curieux, de sang avides,
Contemplant mes membres livides,
Puis, ces foules de tous les temps
Qui moissonnent dans leur printemps
Sages, héros, et, par leurs vices,
Perdent le fruit des sacrifices...
Et je me sens pris de pitié...
Dieu, qu'en moi seul soit châtié
Le péché de la race impie !
Pardonne-leur ! Fais que j'expie,
Mourant, le crime de ma mort !...
Oui, Père, pour moi je suis fort ;
Mais pour eux mon âme transie
Sent les affres de l'agonie ;
J'ai le cœur plein. . Ah ! que mes maux
Te fassent doux à mes bourreaux !

(Jésus prosterné, la face contre terre, verse des larmes.)

VOIX de l'ange Gabriel. (7)

O profondeurs impénétrables
De la bonté du Tout-Puissant !
Pour sauver les hommes coupables
Dieu frappe son Fils innocent...
Grandis, humanité nouvelle,
Du sol arrosé de ses pleurs ;
Et qu'ils soient la source éternelle
Où s'abreuveront tous les cœurs !

(A ce moment, l'ange Gabriel, qui était resté invisible, apparaît age-
nouillé, les mains jointes, à la droite de Jésus qu'il adore.)

L'ANGE GABRIEL

Apaise ta douleur profonde,
Agneau de Dieu, si pur, si doux,

Chargé des opprobres de tous.
La sueur de sang qui t'inonde
Efface les péchés du monde.

(Il disparaît.)

SCÈNE IV

JÉSUS. — MARIE. — LES DISCIPLES.

MARIE

Ah ! mon fils, venez ; il faut fuir :
On pense à vous faire mourir.

JÉSUS

Je suis prêt.

MARIE

　　　　Qu'a dit votre bouche !
Mes pleurs n'ont-ils rien qui vous touche ?
Vous plaît-il de me désoler ?
Ah ! si quelqu'un doit s'immoler,
Détournez sur moi le calice ;
Qu'en votre lieu j'aille au supplice !
Pitié pour vous, mon fils, mon Dieu !

JÉSUS

Sur l'autel s'allume le feu ;
Tout est prêt pour le sacrifice ;
Il est temps que l'agneau périsse !

MARIE

Mais le salut du genre humain
Réclame-t-il le sang divin ?
Vivez pour semer la parole
Qui fortifie et qui console ;
Vivez pour me fermer les yeux.
N'êtes-vous pas mon fils pieux?...
Ne repoussez pas ma prière ;
Obéissez à votre mère !

JÉSUS

Femme, j'obéis à mon Père...
Tel périt sous terre le grain
D'où le blé germe et puis le pain,
Tel, mort, je sèmerai la vie;
Donc, que votre amour ne m'envie
La peine où l'amour me convie.

MARIE

Ah! du moins, mourez sans douleurs.

JÉSUS

Non: en croix, entre deux voleurs,
Et poussant un cri de détresse
Qui mettra le monde en tristesse.
Bâtons et fouets rompront mes reins;
On clouera mes pieds et mes mains;
La soif tordra ma gorge aride;
Ma chair de coups sera livide;
Un fer me percera le flanc;
De partout coulera mon sang;
Je traînerai mon agonie
Dans l'angoisse et l'ignominie.

MARIE

Les bourreaux !

JÉSUS

Ils ont mon pardon...
Refusez-vous le vôtre?...

MARIE

Non...,
Mais vous, pour eux si pitoyable,
Me serez-vous inexorable?...
C'est moi, mon fils, qui te portai;
C'est moi, mon fils, qui t'allaitai;
Considère combien je t'aime
Et sois moins rude envers toi-même,
Par pitié du cœur maternel!,..
Je t'en supplie au nom du ciel,

Sauve-toi de peines si dures:
Sauve-moi de telles tortures!

JÉSUS
Il faut sauver l'humanité.

MARIE

Hélas! si c'est nécessité,
Il sied mon fils que j'obéisse;
Mais combien affreux ce supplice!...

JÉSUS
Ah! pauvre mère de douleurs,
Que vous allez verser des pleurs!

MARIE
Mon fils, permettez que je meure
Quand viendra votre dernière heure.

JÉSUS
Non; car c'est en me voyant mort,
Que votre grand cœur, tendre et fort,
Produira son plus bel effort.
Veuillez vous résigner, ma mère.
Hélas! Jamais femme sur terre
Ne souffrit comme vous ferez;
Mais, souffrant, vous mériterez.
Il sied que votre honneur s'accroisse.
L'amertume de votre angoisse,
De vos tourments, de vos soupirs,
Vous fera reine des martyrs.

MARIE

Fils bien-aimé, je vous écoute;
Je suivrai la funèbre route:
Puissé-je refouler mes pleurs
Et vous dérober mes douleurs!

JÉSUS
Non, mère, n'ayez ces alarmes;
Montrez vos transes et vos larmes.

Souffrant pour moi, souffrant pour vous,
Je souffrirai bien plus pour tous.
Or, plus grandit mon sacrifice
Mieux s'apaisera la justice.
Portez donc aussi votre croix;
Que votre fils meure deux fois!

MARIE

Ils viennent!

JÉSUS

Voici l'heure amère;
Pleurez, priez, ma tendre mère.
(Marie abaisse son voile, s'agenouille et prie.)

JÉSUS, allant à ses disciples qui dorment.

Ne vous réveillerez-vous pas,
Petits enfants?... Voyez : Judas
A ses trente deniers en poche
Et, la torche à la main, s'approche;
Des gens le suivent à tâtons,
Qui portent glaives et bâtons...

JEAN

Déjouez leurs complots funèbres!

JÉSUS

Cette heure appartient aux ténèbres.

SCÈNE V

LES MÊMES. — JUDAS. — LES VALETS DU TEMPLE
(Judas aborde Jésus et le baise.)

JUDAS

Salut, maître.

MALCHUS, à Judas.
Eh quoi! Tu frémis?...

JÉSUS

Le baiser qu'on donne aux amis
Me désigne à mes ennemis.
(Judas ne peut soutenir le regard de Jésus où se peint une pitié pro-
fonde. Il lève les bras au ciel et s'enfuit.)

LE CHEF DE LA TROUPE

Est-ce toi Jésus?

JÉSUS, avec majesté.

C'est moi-même.

(En même temps qu'il dit ces mots, le visage de Jésus rayonne, et son corps est environné d'un manteau de lumière. Les gens de la troupe reculent de quelques pas et plusieurs tombent à la renverse. Jésus fait un signe qui les rassure. Les disciples ont tous fui, à l'exception de Pierre et de Jean, qui soutient Marie désolée et résignée.)

JÉSUS, aux valets qui veulent saisir les fuyards.

Laissez-les aller.

PIERRE, à Jésus

Je vous aime,
Et lutterai jusqu'au tombeau.

(Pierre tire l'épée et blesse Malchus à l'oreille.)

JÉSUS

Pierre, rends l'épée au fourreau;
Qui se sert de l'épée
Périra par l'épée.
Apôtre, ton arme est l'idée:
Sois victime, jamais bourreau...

(Avec une majesté terrible.)

N'ai-je pas mes millions d'anges?
Que je commande, et leurs phalanges
Apparaîtront, ceintes d'éclairs
Dont un seul broierait l'univers.

(A la troupe épouvantée, avec une douceur infinie.)

Faites.

MALCHUS

Qu'on lui mette les fers!

(Les valets des prêtres emmènent Jésus enchaîné. A ce moment la lune se montre et on aperçoit au loin, d'un côté, le Temple avec sa toiture dorée et les hautes tours de marbre blanc qui surmontent ses huit portes monumentales ; de l'autre côté, la vallée de Josaphat avec ses cèdres, ses cyprès et ses tombes.)

ACTE V

CHEZ CAIPHE ET AU PRÉTOIRE.

—

ONZIÈME TABLEAU

SCÈNE PREMIÈRE

(Au Mont-Sion, dans la salle du Sanhédrin, chez Caïphe.)

PIERRE. — UN SERVITEUR. — UNE SERVANTE. — UN
SOLDAT. — JUIFS.

(Un serviteur et une servante du grand-prêtre rangent les sièges, les
tapis et les coussins pour la séance qui se prépare. Il y a là, accroupis
autour d'un brasier, un soldat et des curieux auxquels s'est mêlé
Pierre. Il fait encore nuit ; mais le jour commence à poindre.)

LE SERVITEUR

Qu'on l'arrête et qu'on l'emprisonne,
Cela peut-il choquer personne ?

LA SERVANTE

Non. Le Grand Conseil ferait bien
De pendre ce Galiléen
Et ses disciples, tous ensemble.

LE SERVITEUR

C'est pour les frapper qu'on s'assemble...
(A Pierre qu'il aperçoit.)
D'où viens-tu ?

PIERRE, embarrassé.

Mais... de par-ici

LA SERVANTE

De Jésus n'es-tu pas l'ami?

PIERRE

Nul Juif ne m'a pour ennemi.

SOLDAT

Bonhomme, tu fais l'hypocrite;
Ce Jésus t'avait à sa suite.

PIERRE

Non.

LE SERVITEUR

Vrai?

PIERRE

Je ne le connais pas.

(Le chant du coq se fait entendre. Pierre tressaille. Le serviteur, la servante et le soldat sont sortis. Les curieux, se montrant les membres du Sanhédrin qui approchent, sortent aussi pour aller au-devant d'eux.)

SCÈNE II

PIERRE seul. — Puis JÉSUS. — MEMBRES DU SANHÉDRIN. — VALETS DES PRÊTRES ET MALCHUS.

PIERRE, seul.

Il a dit: « Tu me renieras
Trois fois avant que le coq chante. »
Et trois fois, devant la servante,
Le soldat et le serviteur,
J'ai renié mon Rédempteur...
Vante maintenant ton courage!...
Pierre, tu n'as que bavardage:
Tu blâmais les autres de fuir
Et n'es resté que pour trahir!
Du juste vendant le supplice,
Judas fut monstre d'avarice;
Toi, l'oubli du serment prêté

Et ton reniement effronté,
Te font monstre de lâcheté.

(Pierre éclate en sanglots, les mains sur son visage. Au même moment les membres du Sanhédrin arrivent et commencent à prendre place. On amène Jésus, le long du vestibule, pour l'enfermer dans une salle voisine. Jésus, en passant, jette à Pierre un regard de reproche, triste et doux.)

PIERRE

Ah ! Seigneur, je suis un infâme !
Votre regard m'a fendu l'âme...
Pitié !

MALCHUS, désignant Pierre.

Qu'on le mette en lieu clos
Avec ses pleurs et ses sanglots.
(Des valets s'emparent de Pierre et l'entraînent.)

SCÈNE III

HELKIAS. — MARCHANDS. — MEMBRES DU SANHÉDRIN. — NICODÈME

HELKIAS

Vous serez payés du dommage,
Bons marchands. Quant à son outrage,
Il doit l'expier par la mort.
Vous tous, secondez notre effort ;
Expliquez bien que c'est justice
D'envoyer l'impie au supplice.
Traquez-le, toujours à l'affût.

UN MARCHAND

Il est populaire.

HELKIAS

Il le fut...
Le peuple n'est qu'une eau qui roule,
Et le succès trace à la foule
Le courant où son flot s'écoule.
Jésus n'est plus sur les hauteurs ;

Ses plus bruyants acclamateurs
Seront demain ses insulteurs.
Ils attendaient de lui l'empire,
Il les a trompés : qu'il expire !

LE MARCHAND

N'ayez peur que rien soit omis
Pour lui créer des ennemis.

HELKIAS

Silence ! Nicodème !...

LE MARCHAND, bas aux autres marchands en leur montrant Nicodème
qui entre.

Un traître,
Qui, dit-on, prend Jésus pour maître.

Les marchands se retirent. Caïphe, président du grand Conseil, et Anne,
vice-président, font leur entrée solennelle et prennent place au haut
d'une estrade, sur deux sièges d'ivoire. Les Sanhédrites, rangés en
demi-cercle à droite et à gauche, s'assoient, les jambes croisées, sur
des gradins recouverts de tapis et de coussins. Sur une table est pom-
peusement étalé le Livre de la Loi.)

SCÈNE IV

CAIPHE. — ANNE. — RABBI-ZADOK. — HELKIAS. — NICODÈME. — SANHÉDRITES

CAÏPHE

Que tout membre du Sanhédrin
Ait pour éperon et pour frein
La sainte Loi qu'Adonaï
Dicta sur le mont Sinaï.

(Tous les membres du grand Conseil, debout, élèvent la main droite.)

RABBI-ZADOK, formulant le serment de tous.

Nous chefs d'Israël, nous jurons
Qu'en tout nous nous prononcerons
Selon la Loi qu'Adonaï
Dicta sur le mont Sinaï.

NICODÈME

Nobles membres du Sanhédrin,
Avez-vous pu, le cœur serein,
Faire arrêter le grand prophète?
Il prêche la vertu parfaite
D'un accent si rare et si beau
Qu'il fait d'elle un soleil nouveau.
Jamais Verbe n'eut telle flamme
Et n'entra plus profond dans l'âme.
Il n'est pas chair; il est esprit.
C'est le pur. Comme il parle, il vit...
Ah! ne le dites pas coupable!
Cherchez s'il n'est pas adorable.
Homme par sa mortalité,
Il est Dieu par sa sainteté...

(Vifs murmures.)

HELKIAS

C'en est trop!

ANNE

C'est presque un blasphème.

RABBI-ZADOK (8)

Quoi! vous qu'on estime et qu'on aime,
Vous, riche et grand, vous Nicodème,
Vous quittez les honnêtes gens
Pour le vil parti d'indigents
Qui d'un gueux a fait un grand homme!
Qu'est-il ce Jésus qu'on renomme?
Un vagabond, sans pain ni feu.
Qui le suit? Des gens sans aveu,
Parce qu'il clame à leurs oreilles
Qu'ils vont avoir monts et merveilles.
Que prêche son verbe irrité?
L'anarchie et l'impiété.

NICODÈME

Quoi!...

RABBI-ZADOK

Qui fronde riches et prêtres
Veut ôter à l'Etat ses maîtres,

5.

Attente au droit, attente à Dieu.
Ecoutez-le dire en tout lieu :
« Riches, consumés d'avarice,
« A vous l'enfer et son supplice!
« Prêtres à l'esprit orgueilleux,
« Guides sans yeux d'hommes sans yeux,
« Allant et menant aux abîmes,
« A vous le plus grand poids des crimes! »
Demain nous serons ses victimes,
Si nous ne frappons aujourd'hui.
Qu'il meure! Anathème sur lui!

HELKIAS, et la plupart des membres du Sanhédrin.

Qu'il meure! Anathème sur lui!

NICODÈME

La cause n'est pas entendue
Et vous la proclamez perdue!
C'est mal. Vous feignez de juger
Et ne voulez que vous venger
D'un juste qui vous fait encombre.

HELKIAS

Nous!

NICODÈME

Oui, vous... Vous êtes le nombre :
Frappez! Je proteste et pars.

(Il sort.)

CAIPHE

Fou!

ANNE

Qu'on le mette sous le verrou!
Il est prudent qu'on s'en empare
Ainsi qu'on a fait de Lazare (9.)

CAIPHE

Anciens et puissants d'Israël,
Soyez en paix... C'est l'Eternel
Qui va juger du haut du ciel...
(Faisant signe d'amener Jésus.)
Qu'il entre!

(Jésus est introduit.)

SCÈNE IV

LES MÊMES. — JÉSUS. — MALCHUS et autres
OFFICIERS du Temple.

CAIPHE, à Jésus.

De par nous les maîtres,
Devant le grand conseil des prêtres
Te voilà mis en jugement.
Dis quel est ton enseignement.

JÉSUS

Au temple et dans les synagogues,
Par préceptes, par apologues,
Ma parole est allée à tous.
Pourquoi donc m'interrogez-vous?
On sait quel était mon langage :
Que chacun rende témoignage !

MALCHUS (10).

Ne pas répondre au Sanhédrin
Que tout bon Juif respecte et craint !
Maudit qui du prêtre se joue !

(Le trappant au visage.)
Tiens!

JÉSUS

Frappez; voici l'autre joue...
(Malchus se montre saisi et fait un geste d'excuse.)

JÉSUS, souriant.

Si j'erre, il faut me détromper;
Si j'ai raison, pourquoi frapper?

CAIPHE .

Au premier témoin la parole.

HANANIAS (11).

Cet homme en mainte parabole
S'est dit roi.

CAIPHE, à Jésus.

Parle.

HELKIAS

Il est confus
Et se tait.

CAIPHE, au second témoin.

A ton tour.

ACHASIAS

Jésus
A dit, blasphème sans exemple :
« Je puis faire tomber le Temple
Et Je rebâtir dans trois jours. »

CAIPHE, à Jésus.

Eh bien ?

HELKIAS

Jésus se tait toujours ;
S'il niait, il serait parjure.

CAIPHE

De par le Très-Haut, je t'adjure,
Es-tu le fils du Dieu vivant ?
Parle.

HELKIAS

Il s'en est vanté souvent.

RABBI-ZADOK

C'est un aveu que son silence.
(Caiphe se lève et, franchissant les degrés qui le séparent de Jésus, va
solennellement jusqu'à lui.)

CAIPHE

Par le Seigneur, en sa présence,
Moi, prêtre, qui juge en son lieu,
Je t'adjure. Es-tu fils de Dieu ?
Réponds.

JÉSUS

Vous l'avez dit.

CAÏPHE, déchirant sa robe.

Blasphème! ..
Cet homme s'accuse lui-même...
Plus besoin d'autre accusateur;
Emmenez le blasphémateur!...

HELKIAS, RABBI-ZADOK ET D'AUTRES

Blasphémateur! Blasphémateur!

(Tous les membres du Sanhédrin font des gestes d'indignation. Plusieurs
bondissent de leur siège et, se ruant sur Jésus, lui montrent le poing.
Jésus reste impassible; et la majesté de son regard intimide ses insulteurs.)

JÉSUS

Oui, c'est moi qui, l'heure venue,
Comme l'éclair fendant la nue,
Descendrai sur l'aile des vents
Juger les morts et les vivants.

(Il tend ses mains pour qu'on les lie. Les valets des prêtres sont comme
pétrifiés; mais, sur un signe inpérieux d'Anne et de Caïphe. ils mettent
les fers à Jésus et s'apprêtent à l'emmener. A ce moment, Judas entre
désespéré.)

SCÈNE V

LES MÊMES. — JUDAS

JUDAS

Malheur à moi! Je suis un traître:
J'ai lâchement livré mon maître.
Reprends ton or, vil tribunal!
Que ne puis-je avec ce métal
Vous jeter ma honte au visage!

(Il leur jette la bourse où sont les trente pièces d'argent.)

J'ai vendu le Juste, le Sage!
Mort, Enfer, prenez votre ôtage!

JÉSUS, du seuil de la salle.

Frappe ton cœur; tombe à genoux:
La miséricorde est pour tous.

(Jésus disparaît emmené par les officiers et valets du Temple.)

JUDAS

Non ; ma faute est irrémissible.
Il n'est point mort assez terrible
Pour soustraire à tous yeux humains
Le lâche aux baisers assassins
Qui livre et perd le saint des saints !...
Démons, noirs esprits de vengeance,
Refusez-moi toute allégeance ;
Créez des supplices nouveaux.
Jamais dans vos puits infernaux
Ne s'engloutit pareil coupable...
Souffre à jamais, monstre exécrable !
Un fer rouge marque ton nom.
Qui dit Judas, dit trahison...
Vous, fauteurs de ma félonie,
Pourrissez dans l'ignominie
D'une impérissable infamie !
Moi, le maudit, je vous maudis.

(Il sort en proie à une émotion terrible. Les Sanhédrites stupéfaits s'entre-
regardent. Helkias ramasse l'argent.)

SCÈNE VI

LES MÊMES, moins JUDAS

ANNE

Pourquoi restez-vous interdits ?...
Il a trahi ; c'est son affaire...

HELKIAS

Mais l'argent, que faut-il en faire ?

ANNE

C'est le prix du sang. Que cet or
Ne rentre pas dans le Trésor !...
Jugeons.

CAÏPHE

Ce roi de la canaille
Prétend démolir la muraille

Qui sépare Juifs et Romains
Et nous met à part des humains !
A tout peuple tendre les mains
Et dire frère, à son exemple,
Qu'est-ce sinon ruiner le Temple?
Hommes d'ordre, consultez-vous ;
Hésiter serait être fous :
Sa mort est le salut de tous.

RABBI-ZADOK

La loi de Moïse est formelle
Et dit : Lapidez l'infidèle.

TOUS

Oui, qu'on le lapide !

ANNE

Arrêtez !
Les coups par d'autres mains portés
Le feront aussi bien victime,
Que Pilate ait le poids du crime,
Si l'avenir avait le tort
De blâmer cette juste mort...

CAIPHE

C'est que la chose est délicate ;
S'il fait grâce...

ANNE

On aura Pilate...
En lui dénonçant l'attentat
Alléguons César et l'Etat !
De la séquelle gouvernante
L'ambition toujours tremblante
S'assouplit, quand on lui fait peur
Des colères de l'empereur.
Qui s'entend par longue pratique
A jouer de la politique,
Mène au gré de sa volonté
Ces gens pétris de lâcheté.

HELKIAS

La peine ainsi sera plus grave:
Jésus mourra comme un esclave
Dans les tortures du gibet.

CAIPHE

Donc, maîtres, voici notre arrêt:
Que les trompettes des lévites
Convoquent les Israélites,
Et qu'à tout le peuple il soit dit:
« Sus à Jésus! Il est maudit! »

TOUS, étendant les mains, et avec une grande solennité.

Sus à Jésus! Il est maudit!

Judas a passé sa ceinture autour de son cou et s'est pendu à un des
sycomores qui sont sur la terrasse attenante à la salle du Sanhédrin.
En ouvrant la porte, Rabbi-Zadok l'aperçoit et recule éperdu.)

RABBI-ZADOK

Là!... Pendu!... Judas agonise...

(Les membres du Sanhédrin regardent et, pris d'épouvante, se couvrent
le visage. Au même moment la branche se rompt et le cadavre de
Judas tombe lourdement sur le sol.)

CAIPHE

Protége-nous, Dieu de Moïse!

DOUZIÈME TABLEAU

(Au second plan, perspective de la forteresse l'Antonia, énorme tour
flanquée de quatre hautes tours qui domine Jérusalem. Au premier
plan, une éminence en forme de terrasse attenante au palais de Pilate
et surmontée, au-dessus du *Bima* où siège le gouverneur, d'une statue
de l'empereur Tibère. A droite Pilate et sa suite, à gauche Jésus et
ses gardes sont sur la terrasse. Les membres du Sanhédrin, s'interdi-
sant l'accès du prétoire, se tiennent au bas de la terrasse avec le
peuple.)

SCÈNE VII

PILATE ET SA SUITE. — JÉSUS ET LES GARDES. — ANNE. — CAIPHE. — HELKIAS. — RABBI-ZADOK. — MALCHUS. — PHARISIENS. — SCRIBES. — MARCHANDS DU TEMPLE. — VALETS DES PRÊTRES. — PEUPLE.

CAIPHE

Pilate, il faut que Jésus meure !

PILATE

Pourquoi ?

CAIPHE

              Vous êtes à cette heure
Le protecteur de notre Loi
Et le gardien de notre foi.
Or Moïse a dit : « Qu'on punisse
D'un prompt et terrible supplice
L'homme blasphémant le Seigneur. »

PILATE

Jésus n'est pas blasphémateur.

CAIPHE

Il l'est, et va se faisant croire
Le fils de Dieu.

PILATE

              La belle histoire

(A Jésus.)
    Toi fils de Dieu!... Réponds! L'es-tu ?

JÉSUS

Vous l'avez dit... Je suis venu
Pour montrer aux hommes leur route
Qui suit la vérité m'écoute.

PILATE

Eh ! Qu'est-ce que la vérité ?...

(Sans attendre une réponse de Jésus, Pilate se tourne vers les prêtres.)

Cet homme est tout honnêteté ;
Qu'il s'en aille avec sa chimère !

ANNE

Ce serait offenser Tibère.
Non content d'outrager le ciel,
Jésus se dit roi d'Israël.

PILATE, à Jésus.

Quoi ! Tu veux usurper sur Rome !

JÉSUS

Hors de ce monde est mon royaume.

PILATE

Comment ! Es-tu roi ?

JÉSUS

Je suis roi.

ANNE

Vous voyez Juif sans foi ni loi,
A l'empereur il fait outrage.

PILATE, à part, avec dégoût.

Ces prêtres !

(Il s'avance sous la grande arcade qui est au bord de la terrasse et
s'adresse au peuple.)

Peuple, c'est l'usage
De libérer un condamné
Par vos suffrages désigné,
Nommez Jésus : je le délivre.

HELKIAS, aux marchands.

L'impie est indigne de vivre...
Plutôt Barrabas !

SIMON, indigné.

Barrabas !

RABBI-ZADOK

Du moins il ne blasphème pas.

ANNE, bas au peuple.

Est-on les esclaves de Rome
Dont Pontius Pilate est l'homme ?
A ses désirs n'accédez pas ;
Au lieu de Jésus, Barrabas !

LES MARCHANDS

Barrabas ! Vie à Barrabas !

VOIX, nombreuses.

Oui ! Oui ! Nous voulons Barrabas !

PILATE

Barrabas est un misérable
De vie et renom exécrable ;
Plusieurs Juifs de ses coups sont morts...

CAÏPHE

Ce Barrabas tuait les corps ;
Pire, Jésus tuait les âmes.

PILATE

Quoi ! L'homme aux pratiques infâmes,
Crapuleux, ivrogne, joueur,
Faussaire, assassin et voleur,
Vous le sauvez ! Est-ce une prime
Que vous voulez donner au crime ?
A Jésus vous ne pouvez pas
Opposer un homme si bas.

VOIX, de plus en plus fortes.

Barrabas !... Nous voulons Barrabas !...
Pas Jésus !... Vie à Barrabas !...

PILATE

Soit ! A Barrabas je fais grâce...
De Jésus que faut-il qu'on fasse ?
Il est exempt de tout forfait.

LE PEUPLE

Crucifiez-le !

PILATE

Qu'a-t-il fait ?

LE PEUPLE

A mort Jésus !

PILATE

Race cruelle !...
Eh bien, soldats, qu'on le flagelle !...
(Pilate descend de son siège et se retire.)

SCÈNE VIII

LES MÊMES, moins PILATE.

(La cohorte s'empare de Jésus, le dépouille jusqu'à la ceinture et
l'amène vers une colonne basse en marbre blanc, surmontée d'un
anneau auquel on le lie par les poignets de façon à ce qu'il se tienne
baissé et offre son épaule aux coups. Au moment où l'exécuteur, armé
du fouet à quatre lanières garnies d'osselets, s'apprête à frapper, les
soldats font cercle, si bien que la flagellation n'est pas vue des spectateurs. On entend les coups.)

LE CENTURION, à l'exécuteur.

Fais jouer la verge, licteur.

HELKIAS

N'épargnez pas cet imposteur ;
Frappez comme sur une enclume.
Le sang jaillit ; le sang écume...
Parfait !... Cinglez encore son dos :
Qu'on puisse compter tous ses os !

LE CENTURION, qui fait le compte des coups donnés, au licteur.

Quarante... Arrête.
(Jésus est détaché de la colonne)

MALCHUS, au Centurion.

Camarade,
Je propose une mascarade...
Ce fou s'est mis au rang des rois ;
Eh bien, qu'il le soit une fois !

(A Jésus, en lui mettant sur l'épaule une casaque rouge.)
Revêts ce manteau d'écarlate...
Te voilà plus grand que Pilate.

UN SOLDAT

Prends comme sceptre ce roseau
(Il met un roseau dans la main droite de Jésus.)

MALCHUS

En guise de royal bandeau
Porte une couronne d'épine.

(Il met sur la tête de Jésus un cercle en jonc entrelacé de branches
épineuses.)

HELKIAS

Pressez !... Qu'enfin son front s'incline !

Avec un bâton, deux soldats font entrer les pointes de la couronne
d'épines dans la tête de Jésus. Il tressaille de douleur et son sang
coule. Les soldats se mettent à défiler devant lui en fléchissant déri-
soirement le genou.)

SOLDATS, s'inclinant tour à tour devant Jésus.

Salut, roi des Juifs !... Salut !...

UN SOLDAT, frappant Jésus avec le roseau.
                                Roi,
Je te bâtonne... Punis-moi !

2e SOLDAT

Roi, salut ! Voici mon hommage.
                    (Il lui crache au visage.)

3e SOLDAT

Bandons ses yeux.
                    (On lui bande les yeux.)

4e SOLDAT, le souffletant.
              Dis qui t'outrage,
Majesté !

5e SOLDAT

Mande tes valets
Pour te venger de ces soufflets !

6e SOLDAT, le frappant.

Vraiment tu n'es pas bon prophète...
Tu saurais qui te frappe à la tête.

LE CENTURION, s'interposant.

Voulez-vous le mettre en lambeaux ?
Réservez la part des bourreaux
Qui vont le clouer au calvaire.
(Il lui enlève le bandeau et le roseau.)

MALCHUS

Comment peut-il ainsi se taire?...
On l'insulte, il ne répond pas ;
On le frappe, il ne bouge pas ;
Il reçoit soufflets et crachats
Sans daigner détourner la face.
Ferme, intrépide, quoi qu'on fasse,
Il ne veut même pas gémir
Comme s'il craignait d'attendrir...

(A Jésus.)
Parle ; as-tu soif de supplice?

JÉSUS

Il faut que ceci s'accomplisse,
Et je suis l'homme des douleurs...

MALCHUS

Cet homme est Dieu!... Fondez en pleurs,
Bourreaux : frappez-vous la poitrine...
(S'agenouillant aux pieds de Jésus.)
Pardonne-moi, tête divine.
(Jésus jette un regard plein de mansuétude à Malchus qui s'en va
en pleurant. Pilate revient avec sa suite.)

SCÈNE IX

LES MÊMES, moins MALCHUS. — PILATE.

PILATE, aux prêtres.

Il est assez puni, je crois ;
Pas besoin d'ajouter la croix!

(Prêtres et Pharisiens font des signes de dénégation. Voyant qu'il n'y a
rien à attendre d'eux, Pilate s'avance au bord de la terrasse sous la
grande arcade, amène Jésus devant le peuple et le lui montre tout
meurtri, vêtu de la casaque rouge, coiffé de la couronne d'épines.
Les yeux de Jésus sont en feu; sa figure est ensanglantée ; ses mains
liées à l'aide d'une forte corde sont ramenées sur la poitrine.)

PILATE, au peuple.

Voilà l'homme... Pitié!

LES JUIFS

Qu'il meure!

ANNE, à Pilate remonté sur son siège.

Crucifiez-le, sans demeure!...
De notre empereur respecté
J'invoque ici la majesté.
Que votre intérêt vous éclaire!
A César voulez-vous déplaire?
C'est lui que touche l'attentat ;
Punissez un crime d'Etat.
Il faut que le faux roi périsse.

PILATE

Si je consens à son supplice,
Son sang retombera sur vous.

HELKIAS

Que son sang retombe sur nous
Et sur nos enfants!

TOUS

Oui, sur nous
Et sur nos enfants!... Au Calvaire!...

(Pilate parle bas à un de ses serviteurs qui sort, puis revient avec une
aiguière d'or pleine d'eau et un bassin d'argent.)

PILATE

Eh bien, qu'on le pende au Calvaire!...
C'est malgré moi que je défère,
Juifs, à vos désirs inhumains.
Prenez.... Je m'en lave les mains.

Le serviteur vide lentement l'aiguière sur les mains de Pilate. Un
secrétaire écrit la sentence et présente le parchemin à Pilate qui

hésite un moment, puis signe. On a apporté à Jésus sa croix faite de deux poutres croisées.)

JÉSUS, les yeux fixés sur sa croix.

Croix, qu'il faut que mon sang inonde,
Pour le bien de tous sois féconde!
Je t'aime, ô croix, salut du monde..
Mon Père, faites-moi souffrir
Toute douleur dans mon supplice;
Mais aussi faites-moi guérir
Tout péché par mon sacrifice!
Que j'enlève tous les fardeaux
Comme je subis tous les maux!

LE CENTURION, à Jésus.

Viens.

(Jésus charge la croix sur ses épaules et part suivi de la foule, entre deux rangées de soldats que conduit le Centurion. — Des trompettes ouvrent la marche.)

SCÈNE X

PILATE SEUL, regardant défiler le cortège.

Homme auguste!... Engeance vile!...
C'est mal... Ma prudence servile
Flatte César par ce trépas,
Et César n'y pensera pas.

SCÈNE XI

PILATE. — CAIPHE. — RABBI-ZADOK. — HELKIAS

CAIPHE

Prince, un insolent ciseau taille
Une inscription qui nous raille
Pour l'écriteau que l'on joindra
Au gibet où Jésus pendra.
« *Le roi des Juifs* », quelle formule!
Qu'on la change! Elle est ridicule.

PILATE

J'ai fait assez et trop pour vous...
Vous n'êtes que renards et loups
Qui, sous prétexte de justice,
Assouvissez votre malice.
Déjà mon âme a grand supplice :
Craignez que son remords cuisant
Ne vous devienne malfaisant !...
Disparaissez, hommes de sang !
Que la chair de votre victime
Se colle à vous ! Que votre crime
Vous suive et vous jette à l'abîme !

(Ils partent confondus.)

EPILOGUE

AU GOLGOTHA

(Un tertre aride auquel on accède par une côte très âpre couverte de rochers. — Pendant l'Epilogue, un voile de gaze sombre sépare les spectateurs de la scène, dont l'aspect, jusqu'à l'apothéose finale, est mysté-
rieux et lugubre. L'épilogue est précédé d'un prélude joué sur l'air du
Stabat.)

SCÈNE Ire

L'ANGE GABRIEL. — ANGES

(*Les mêmes anges qu'on a vus au Prologue sont rangés sur la plateforme
du Calvaire. Les manteaux qu'ils portent sur leurs robes blanches, et
qui au prologue étaient de couleurs variées et brillantes, sont maintenant tout noirs. Les cheveux flottants, les mains sur la poitrine, la tête
penchée, les anges ont une attitude désolée. Gabriel est au milieu
d'eux.*)

L'ANGE GABRIEL

O libérateur de la terre,
Gravis le chemin du Calvaire
Marqué des traces de ton sang,
Et livre au gibet l'Innocent!...
De moitié dans ton sacrifice,
Ta mère te suit au supplice;
Tous les glaives de la douleur
Percent et font saigner son cœur.
Qui mesurerait sa tendresse
Pourrait seul dire sa tristesse...

O Christ, voici que tout s'émeut;
Rien ne pense, vit, ou se meut,
Qui ne tressaille. Les vieux sages,
Les prophètes des anciens âges,
Géants de peuples éclipsés,
Dieux morts de cultes renversés,
Se dressent sur les hautes cimes
D'où leur regard plonge aux abîmes,
Et du doigt montrent le martyr
Où tous les temps vont aboutir...
Les pauvres morts, qui sont un monde
Dormant sous la terre profonde,
Sentent leurs os s'entre-choquer
Et leurs lourdes tombes craquer;
Une voix leur parle et murmure:
« Espérez!... La grande nature,
Frémissant de crainte et d'horreur,
Suspend sa vie avec stupeur,
Et s'enveloppe de silence...
Dans le ciel un frisson immense
Court; et, du nadir au zénith,
Le firmament troublé pâlit...
Les univers peuplant l'espace
Penchent chacun leur vaste face
Vers ce sommet du Golgotha.
Tristes, ils se disent: « C'est là...
« Jésus mourant est le spectacle
« Où l'amour fait son grand miracle.
« O sublime soif de souffrir!... »
Et tous le regardent mourir...

(La tête du cortège apparaît. Jésus, épuisé, cheminant entre quatre
soldats armés de lances, achève de gravir le sentier escarpé et pierreux
qui conduit au Calvaire.)

Jésus vient. Nous devons partir:
Il défend que notre assistance
Verse un baume sur sa souffrance.

(Les anges disparaissent.)

SCÈNE II

JÉSUS. — MARIE. — MAGDELAINE. — JEAN. — SIMON. — VÉRONIQUE. — FEMMES DE JÉRUSALEM. — CAIPHE. — HELKIAS. — RABBI-ZADOK — LE BON LARRON. — LE MAUVAIS LARRON. — LE CENTURION. SOLDATS. — JUIFS. — Puis L'ANGE GABRIEL. — ANGES.

(Arrivé au terme de la voie douloureuse, Jésus dépose sa croix et se tourne vers Simon qui l'aidait à la porter.)

JÉSUS.

Vous qui m'avez donné support
Pour traîner cet arbre de mort,
Je vous bénis.

SIMON

Ah! noble maître,
Que n'a-t-on voulu me permettre
De porter tout seul votre croix!
Je vous ai vu tomber trois fois
Et sous les coups, sous les risées,
Raidir vos forces épuisées.

LE CENTURION

Jésus, voici deux compagnons;
Tu pendras entre deux larrons.

(Des soldats apportent deux croix où sont liés les deux larrons. On laisse approcher de Jésus les femmes qui l'ont suivi en pleurant sur le chemin du Calvaire. Pendant qu'il leur parle, l'érection des deux croix a lieu. Entre les deux croix une place est laissée pour la croix de Jésus.)

VÉRONIQUE (12), s'agenouillant aux pieds de Jésus et lui présentant son voile.

Permettez que ce voile efface
Le sang qui souille votre face!

(Jésus prend le voile de Véronique et s'en essuie le visage.)

JÉSUS, à Véronique et aux autres femmes éplorées.

Gémissez, filles de Sion,
Montrez peine et compassion.
Mais détournez de moi vos larmes;
Portez sur vos fils vos alarmes;
Plaignez pour sa fragilité .
La misérable humanité:
Non cœur saigne de ses blessures,
Et ses péchés font mes tortures...
En proie aux désirs déréglés,
Vos enfants vivent aveuglés.
Quand ils verront leurs turpitudes,
Leurs noirceurs, leurs ingratitudes,
Ils crieront, tombant à genoux:
« Montagnes, engloutissez-nous ! »
— « Heureuses les femmes stériles ! »
Direz-vous. Plaintes inutiles,
N'était que, venant de ma croix,
Partout où gémit une voix,
Descendra le pardon immense...
Femmes, bénissez ma souffrance.

MAGDELAINE

Ah! vivez! si ce n'est pour vous,
Que ce soit par pitié pour nous!

JÉSUS

Calme tes sanglots et tes larmes ;
Qu'amour et foi te soient des armes!
Songeant aux vertus de la croix,
O Magdelaine, prie et crois!...
L'agneau, pris à la bergerie
Et conduit à la boucherie,
Reparaîtra dans la prairie.

LE CENTURION

Ça, qu'on ôte ses vêtements !

(On arrache à Jésus ses habits qui collent sur ses plaies.)

JEAN

Épargnez-lui donc ces tourments!...
Hélas! Quels grands maux il endure!
Son corps n'était qu'une blessure.

(Marie, détachant son long voile, le donne à Jean et à Simon pour
ceindre les reins de son fils et couvrir sa nudité.) (13).

JEAN

Voile de la virginité,
Couvre sa sainte nudité!
Que Jésus, en cette heure amère,
Reçoive de la pauvre mère
Qui l'emmaillotait au berceau
Son vêtement pour le tombeau.

MARIE, d'une voix dolente et résignée.

Hélas! je pleure, faible femme...
Mon Dieu, fortifiez mon âme!...
Que ne puis-je pour lui souffrir!
Que ne puis-je pour lui mourir!...
Je ne puis qu'avec lui m'offrir.

LE CENTURION, donnant aux soldats les vêtements de Jésus.

Soldats, à vous cette relique.
Partagez.

1er SOLDAT

Elle est bien modique...
Jouons à trois dés sa tunique...

(Il jette les dés. Les trois autres bourreaux 'en font autant, l'un après
l'autre.)

A toi.

2e SOLDAT

Rien.

3e SOLDAT

Je l'aurai.

4e SOLDAT

Je l'ai:

LE CENTURION

Or sus, procédons sans délai.

(Les soldats entourent Jésus et procèdent au crucifiement qui n'est pas
vu des spectateurs.)

LE CENTURION.

Le long de ce bois qu'on le cloue !...

(A Jésus.)

Donne tes mains pour qu'on les troue.

JÉSUS.

Voici mes mains.

SIMON.

Le sang jaillit ;
Le marteau brutal retentit.
Voyez de quels coups on le crible.

JEAN.

Fermez-vous, mes yeux; c'est horrible!

SIMON.

Et pas un cri !

LE CENTURION.

Donne tes pieds.

JÉSUS.

Frappez.

SIMON.

Oh ! Ses os sont broyés!...
Les larmes mouillent ma paupière ;
Cela ferait pleurer la pierre.

LE CENTURION.

C'est fait !

(Les exécuteurs ont couché Jésus sur le bois de la croix. Avec quatre
longs clous à large tête ils ont percé et fixé au bois ses mains et ses
pieds. Ses jambes sont légèrement relevées, et sa poitrine est mainte-
nue avec une corde. Le sang coule de ses mains et de ses pieds. On

lui remet au front la couronne d'épines et on dresse la croix surmontée
d'une tablette où est gravée cette inscription : « *Le roi des Juifs.* »
Jésus regarde avec pitié ses bourreaux, puis lève les yeux au ciel.)

JÉSUS.

Pardonnez-leur, mon Père ;
Car ils ne savent ce qu'ils font.

LE MAUVAIS LARRON, à Jésus.

Sauve-toi, sauve-nous. Sinon,
Faux Christ, tu n'es qu'un fanfaron.

LE BON LARRON

Tais-toi donc...

(A Jésus.)

On nous fait justice ;
Mais vous, Christ, subir ce supplice!

JÉSUS, au bon larron.

En vérité je te le dis,
Tu me suivras en Paradis.

CAIPHE, à Jésus.

Tu prétendais sauver les autres;
Sauve-toi.

UN JUIF

Ce n'est qu'un des nôtres.
Il ne serait pas en tel lieu
S'il eût été le fils de Dieu.

HELKIAS

Te voilà trônant de haut... Règne
Et montre qu'il faut qu'on te craigne!

RABBI-ZADOK

Roi d'Israël, agis en roi;
Descends, et nous croirons en toi !

MARIE, toujours à genoux au pied de la croix et courbant la tête.

O mort, tant qu'il vit, je dois vivre ;
Mais, dès que je pourrai le suivre,

Accours, ô mort, et me délivre !
Il n'est qu'en toi
D'espoir pour moi.

JEAN, à Jésus.

Ah ! votre pauvre corps endure
Une épouvantable torture.
Je vois vos veines se gonfler,
Vos yeux sans regard se voiler ;
Et votre bouche sans haleine
Cherche un souffle qui sort à peine.

MARIE, suppliante, élevant ses mains jointes, sans oser lever les yeux...

Finissez ce tourment cruel,
Mon fils, et montez droit au ciel !

JÉSUS

Je te chérissais comme un frère,
Jean ; garde mon plus cher bien !... Mère,
Voilà votre fils ; et toi, fils,
Voilà ta mère... Je bénis
Mes amis et mes ennemis...

(D'une voix plus faible.)

J'ai soif !

UN SOLDAT

La fièvre te consume ;
Tiens, abreuve-toi d'amertume :
Voici du vinaigre et du fiel.

(Il trempe une éponge dans le breuvage et, la fixant au bout d'un roseau,
la porte aux lèvres de Jésus.)

HELKIAS, montrant le poing à Jésus.

Agonise, roi d'Israël !
Tu tournes ton front vers le ciel...
En vain ! Il est pour toi de pierre.

JÉSUS

Mon Dieu !... Mon Dieu !... Pourquoi, mon Père,
M'avez-vous donc abandonné ?

RABBI-ZADOK

Cris perdus ! Dieu t'a condamné,
Faux maître ; meurs et désespère.

JÉSUS, poussant un grand cri.)

Ah !... Tout est consommé... Mon Père,
Je remets mon âme en vos mains...

(Jésus penche la tête et expire. Aussitôt éclate un grand coup de tonnerre ; les rochers se fendent et d'épaisses ténèbres enveloppent le Golgotha. Le Centurion et les soldats se jettent à genoux et se frappent la poitrine.

HELKIAS, avec joie.

Mort !

L'ANGE GABRIEL

Non ! Il vit ! Il règne ! Humains,
Accourez par tous les chemins ;
Profitez du grand sacrifice :
Attachée au bois du supplice,
La Bonté fléchit la Justice.
Morte est la mort ; clos les enfers ;
Du péché sont brisés les fers,
Et les cieux à tous sont ouverts.

(Pendant que parle Gabriel, resplendit soudain une grande lumière. Les anges apparaissent rangés autour de la croix. Toute une foule est à genoux. La couronne d'épines s'est changée en auréole étoilée, et Jésus transfiguré étend ses bras sur le monde, puis s'élève au ciel).

CHŒUR DES ANGES

(Accompagné de plusieurs voix au second *Alleluia*, et de toutes les voix au troisième *Alleluia*.)

Alleluia !... Alleluia !.. Alleluia !

FIN

NOTES

1 (page 26). D'accord avec) les plus nombreux commentateurs des Evangiles, avec la plupart des Pères et des docteurs de l'Eglise catholique, — suivis par le Père Didon et par le Père Olivier dans leurs récents ouvrages, — l'auteur représente ici Marie-Magdelaine (Marie de Magdala), comme étant cette pécheresse dont parle saint Luc, et cette Marie, sœur de Marthe et de Lazare, dont parle saint Jean.

On peut lire, à l'appendice du livre du Père Didon *Jésus-Christ*, une intéressante note sur cette question. Il rappelle qu'en 1521 la Faculté de Théologie de Paris décréta, dans une assemblée plénière, que « le sentiment de saint Grégoire sur l'identité de Marie-Magdelaine, de la sœur de Lazare et de la pécheresse de saint Luc, devait être embrassé et suivi comme conforme à l'Evangile et aux saints docteurs, et qu'on ne devait pas tolérer les ouvrages écrits dans un sentiment contraire ».

Dans son énumération des auteurs pour et contre, le Père Didon aurait pu comprendre Bossuet, de qui nous avons, sur *les trois Magdelaine*, une note curieuse où il présume, — comme l'ont fait nombre de critiques protestants et de critiques rationalistes (entre autres M. Renan) — que Marie-Magdelaine, Marie de Béthanie, sœur de Lazare et de Marthe, et la pécheresse dont parle saint Luc, sont trois personnes différentes.

2 (p. 33). D'après le témoignage de saint Justin, le métier de charpentier, tel que le pratiquaient Joseph et Jésus, était différent de ce qu'il est aujourd'hui. Jésus confectionnait toute sorte d'ouvrages en bois, « notamment des balances, des jougs, des charrues » et, du temps de saint Justin, on conservait comme reliques divers travaux de sa main.

3 (p. 35). Saint Jean dit expressément: « Judas était voleur », M. Renan trouve que « cela n'a aucune vraisemblance ». N'est-il pas au contraire très vraisemblable que l'homme qui finit par trahir son maître ait commencé par voler la caisse commune dont il avait la garde ?

4 (p. 60). Il semble ressortir des documents rabbiniques que c'est le pharisien Helkias qui, étant le trésorier du Temple, paya à Judas les trente sicles, prix de sa trahison.

5 (p. 61). Les évangiles représentent Jésus pleurant trois fois : 1º à la nouvelle de la mort de Lazare ; 2º à la vue de Jérusalem qui immole les prophètes et va immoler le Christ ; 3º dans son agonie du Jardin des Olives.

6 (p. 69). Dans les grandes circonstances, au Jardin des Olives comme lors de la Transfiguration, Jésus distingue des neuf autres disciples et traite en confidents privilégiés, Pierre le futur apôtre de la foi, Jean le futur apôtre de l'amour, et Jacques le futur apôtre des œuvres.

7 (p. 71). D'après une tradition, la voix dont parle saint Jean et l'ange que saint Luc représente « venant *conforter Jésus au Jardin des Olives* » était l'ange Gabriel, dont le nom signifie « *force de Dieu* » et que saint Bernard désigne comme devant à son excellence d'être chargé des plus saints ministères.

8 (p. 81). Les livres rabbiniques nous apprennent que Rabbi-Zadok joua un rôle très actif dans la séance décisive où le Sanhédrin frappa Jésus de l'excommunication suprême.

9. (p. 82) Il fut même question de faire mourir Lazare, d'après ce que raconte saint Jean.

10 (p. 83). C'est saint Jean-Chrysostome qui nous apprend, dans sa 83ᵉ homélie sur l'évangile de saint Jean (ch. 2), que l'homme qui donna un soufflet à Jésus devant le Sanhédrin était le même Malchus (*Malek*) dont l'oreille avait été mise à mal par saint Pierre au Jardin des Olives. Une tradition dont je me suis inspiré plus loin et à laquelle s'est rallié, entre autres, le Père Olivier, dans son *Essai historique sur la Passion*, à la suite de Catherine Emmerich (*La douloureuse Passion*), montre Malchus finissant par se convertir au Christ.

11 (p. 83). C'est à la tradition rabbinique qu'on doit de connaître les noms des « deux faux témoins » dont parle saint Mathieu.

12 (p. 100). D'après Sepp, l'anecdote de Véronique repose sur la plus ancienne tradition.

13 (p. 102). Ce détail sur le voile de Marie employé à ceindre le corps de son fils mis en croix, est donné par saint Bonaventure dans ses *Médi-tations*, et par Udolphe dans sa *Vie du Christ*.

IMP. NOIZETTE. 8, RUE CAMPAGNE-PREMIÈRE, PARIS.

9 782019 202491